Andrew Vachss:
Kreuzfeuer

Andrew Vachss

Kreuzfeuer

Stories

Aus dem Amerikanischen
von Jürgen Bürger

Eichborn.

Die Deutsche Bibliothek – CIP-Einheitsaufnahme

Vachss, Andrew:
Kreuzfeuer : Stories / Andrew Vachss. Aus dem Amerikan. von
Jürgen Bürger. – Frankfurt am Main : Eichborn, 1996
ISBN 3-8218-0384-3

Originaltitel Born Bad, stories
erschienen: Vintage Crime / Black Lizard Original,
USA 1994

Lektorat: Doris Engelke
Umschlaggestaltung: Rüdiger Morgenweck
Satz: Fuldaer Verlagsanstalt, Fulda
Druck und Bindung: Wiener Verlag, Himberg bei Wien
ISBN 3-8218-0384-3

Verlagsverzeichnis schickt gern:
Eichborn Verlag, Kaiserstraße 66, D-60329 Frankfurt/Main

Einführung

Kurzgeschichten schreiben ist wie ein Kampf in einem sehr kleinen Ring: Egal welchen Stil man hat, man muß schnell zur Sache kommen. Es ist leichter, Fehler zu machen, und der Preis ist höher, wenn es denn passiert.

Wenn Sie einen zweiten Chandler suchen, sparen Sie sich Ihr Geld. Wenn Sie denken, »noir« sei Französisch für »düstere Bedeutungslosigkeit«, sind Sie hier falsch. Wenn Sie sich am liebsten mit Selbstjustiz-Slasher-Splatter-Pornos amüsieren, suchen Sie anderswo.

Wer an Kategorisierungen interessiert ist, wird bedient mit allem von Hardboiled bis Horror. Einige der Geschichten handeln von einem Söldner namens Cross, der schon bald Einzug in den Taschenbuchmarkt halten wird – wenn alles nach Plan läuft. Bei manchen der vorliegenden Geschichten handelt es sich um Theaterstücke, andere sind Teile laufender Projekte. Manche sind bereits veröffentlicht worden. Andere sind extra für diese Anthologie geschrieben worden. Die meisten erzählen aus der Ich-Perspektive, manche vom *ground zero* aus und manche – die »Underground«-Serie – von noch darunter.

Ich erspare Ihnen selbstbeweihräuchernde Adjektive. Das Schreiben ist nicht meine eigentliche Arbeit, vielmehr ist es eine substantielle Ergänzung dieser Arbeit. Ich bin vielleicht kein guter Schriftsteller, aber ich schreibe aus einem guten Grund. Und wenn dieser Grund nicht offensichtlich ist, nachdem Sie diese Anthologie gelesen haben, dann habe ich mein Ziel verfehlt.

Überraschung in Weiß

Das Miststück in 24-G ist eine Hure. Eine echte Schlampe. In BH und Höschen stolziert sie vor ihrem Schlafzimmerfenster auf und ab und probiert dauernd andere Klamotten an. Manchmal sieht sie aus dem Fenster. Sie weiß, daß ich hier bin.

Das Hochhaus hat eine Menge Fenster. Alle haben was anderes: Vorhänge, Gardinen, Jalousien. Das Miststück in 24-G hat Vorhänge, die sie aber nie zuzieht.

Ich hab mir einen Lageplan von dem Gebäude gemacht. Ich geh dort ständig ein und aus. Ich liefere für einen Blumenhändler aus. Die haben mir diesen Job besorgt, als sie mich rausgelassen haben.

Eigentlich brauch ich den Job gar nicht. Ich hab Geld, hat meine Mutter mir vererbt. Aber das Dreckstück von der Bewährungshilfe hat gesagt, ich muß eine feste Arbeit haben.

Das Miststück in 19-E ist gerade nach Hause gekommen. Sie ist ein Schwein. Wenn sie nach Hause kommt, reißt sie sich die Klamotten vom Leib, schmeißt sie auf den Boden. Wenn sie dann wieder in das vordere Zimmer zurückkommt, hat sie sich in ein Handtuch gewickelt. Die Klamotten hebt sie erst auf, wenn sie sich einen Drink gemacht hat. Der ist bestimmt mit Alkohol, weil sie ganz schön lange braucht, um das Ding zu mixen.
Ich trinke nie Alkohol.

In 16-F wohnt eine Blondine, die kann ich absolut nicht leiden. Sie ist das größte Miststück von allen. Die läuft rum, als hätte sie einen Schürhaken im

Arsch. Liebend gern würd ich der mal einen Schürhaken in den Arsch schieben. Einen rotglühenden Schürhaken.

Wenn ich so was denke, dann soll ich mit dem Gummiband schnipsen. Dem, das ich immer ums Handgelenk tragen muß. Ich soll mich dran erinnern, daß so was schlechte Gedanken sind.

Das haben sie mir drinnen beigebracht. Bevor sie mich rausgelassen haben.

Ohne dieses Miststück wäre ich nie reingekommen. Ich bin oft geschnappt worden. Meine Mutter hat mir immer einen Anwalt besorgt. Ist nie was passiert. Zweimal haben sie mich dazu verdonnert, zu einer Beratungsstelle zu gehen. Wichtig war immer, daß ich niemandem weh getan habe. Ich hab sie nur angesehen, meistens. Wenn ich in ihre Häuser gegangen bin, waren sie nie da. Ich hab immer nur Höschen mitgehen lassen. Da bewahren die Miststücke nämlich ihre Geheimnisse auf, in ihren Höschen. Wenn du die in der Hand hältst, dann kennst du ihre Geheimnisse. Sie gehören dir.

Als die mich das letzte Mal geschnappt haben, hat das Miststück es geschafft, daß ich in den Knast gekommen bin. Der Staatsanwalt. Also, nicht der richtige Staatsanwalt, nicht der Chef von denen. Eine Frau. Als ich eingesperrt war, hat die sich einen Durchsuchungsbefehl für mein Zimmer besorgt. Mein Anwalt hat gesagt, den konnte sie mitten in der Nacht kriegen, weil ich meine Ninja-Montur anhatte, als die mich geschnappt haben. Und die Garrotte aus Klavierdraht dabei.

Meine Mutter hätte fast einen Herzinfarkt gekriegt, als die so da reingestürmt kamen. Sie haben meinen Kram gefunden. Mein Jagdtagebuch, meine

Zeitschriften, sogar das Rasiermesser. Diese Schlampe von einer Staatsanwältin hat dem Richter erzählt, ich wär gefährlich. Eine tickende Bombe, hat sie gesagt. Die wollten mich nicht auf Kaution rauslassen.

Dann hat das Miststück mich reingelegt. Sie hat mich in dieses Zimmer gebracht, um mit mir zu reden. Mein Anwalt war auch da. Er hat gesagt, ich brauch keine Fragen zu beantworten. Das Miststück hat gesagt, sie wüßte genau, daß es einen Grund gibt für meine Streifzüge. So hat sie's genannt, *Streifzüge machen*. Klang gut, wie sie das gesagt hat. Stark. Überhaupt nicht so, als wär ich ein Freak oder so.

Sie hätte eine Theorie, hat sie gesagt. Warum ich's mache. Wenn sie recht hätte, wär ich ja vielleicht gar kein Krimineller. Vielleicht wär ich ein kranker Mensch. Vielleicht bräuchte ich Hilfe.

Ich wollte schon was sagen, aber mein Anwalt hat mich gebremst. Wir wären nur da, um zuzuhören, hat er gesagt. Nur zuhören.

Das Miststück hat dann angefangen, von meiner Mutter zu reden. Ich hab kapiert, worauf sie hinaus wollte, also hab ich ihr die Wahrheit gesagt. Es ging einfach nur um Zucht und Ordnung. Kinder brauchen Zucht und Ordnung. Sie hat mir nie wirklich weh getan. Ich liebe meine Mutter.

Mein Anwalt hat den Kopf geschüttelt. Nicht damit ich aufhöre zu reden, sondern als wär er traurig oder so.

Der Richter hat mich dann verurteilt und in diesen Knast geschickt. Zur Behandlung, hat er gesagt. Ich hatte keinen Schimmer, wie das sein würde.

Aber das Miststück hat's ganz bestimmt gewußt.

Ich mußte reden. Die ganze Zeit. Jeden Tag. Mußte erzählen, was in meinem Kopf los war, was ich fühlte. Die haben mir Bilder gezeigt. Ganz viele Bilder. Verschiedene Arten. Und Filme. Videos. Dann haben sie mich gefragt: Macht dich das an? War ich erregt?

Nach ein paar Monaten haben sie mir dann diese Manschette angelegt. Direkt um mein ... Ding. Dann wußten die sofort, wann ich erregt war. Durch die Bilder. Es gab auch Geschichten. Auf Band. Man sitzt auf einem Stuhl und macht die Augen zu und setzt Kopfhörer auf, und dann fangen die Geschichten an.

Ich mußte die Manschette tragen, wenn ich mir die Geschichten anhörte.

Die haben noch was mit mir gemacht. Elektroschocks. Sie hatten da dieses Video von einer Frau, die gefesselt wurde. Und ausgepeitscht. Ich hab's mir angesehen. Die haben mich gezwungen, es mir anzusehen. Und wenn's dann eng wurde in der Manschette, hab ich einen Stromschlag gekriegt.

Nach einer Weile hab ich keine Elektroschocks mehr gekriegt. Ich hab keinen Steifen mehr gekriegt, wenn ich gesehen hab, wie Frauen weh getan wird.

Die haben mich gezwungen zu wichsen. Allein in meinem Zimmer. Wieder und wieder. Am Anfang mußte ich jedesmal wichsen, wenn ich daran dachte, wie einer Frau weh getan wird. Ich war derjenige, dem weh getan wurde. Mein ... Ding war total rot und wund. Ich mußte ein Medikament deswegen nehmen. Aber die haben mich gezwungen, immer weiterzumachen.

Nach einer Weile hatte ich solche Gedanken nicht mehr.

Dann mußte ich mir Sexbilder ansehen und wichsen. Sex mit Frauen. Romantischer Sex, so haben die das genannt. Davon hatten sie auch Filme. Küssen, umarmen. Langsame Bewegungen.

Ich mußte auch zu Therapeuten gehen. Denen mußte ich von meiner Mutter erzählen. Von dem Wandschrank. Vom Gefesseltsein. Davon, wie sie mich mal erwischt hat, als ich an meinem ... Ding herumgespielt hab. Und was ich dann machen mußte. Mit ihrem Höschen.

Ich muß immer ein Gummiband ums Handgelenk tragen. Jedesmal wenn ich dran denke, Frauen weh zu tun, dann muß ich damit schnipsen. Das erinnert mich an diesen Laden und an die Elektroschocks.

Meine Mutter ist gestorben, als ich drinnen war. Sie ist überfallen worden. Irgendwer ist mit ihr im Fahrstuhl nach oben und hat sich hinter ihr in die Wohnung reingedrängt. Sie hat was Hartes auf den Kopf gekriegt, und sie ist gestorben. Ihr Mörder hat Geld aus ihrer Handtasche genommen und auch noch andere Sachen aus der Wohnung.

Ich war auf ihrer Beerdigung. Die Therapeuten haben gesagt, ich soll mich nicht schuldig fühlen, weil ich nicht zu Hause war. Es war nicht meine Schuld. Ich hab gefragt, ob der Mörder Sex mit ihr hatte, nachdem er sie erschlagen hat.

Ich wohne jetzt in dem Apartment meiner Mutter.

Die Frau aus 16-F ist gerade reingekommen. Ich hab sie nur ganz kurz im Wohnzimmer gesehen. Sie ist ins Schlafzimmer gegangen. In keinem Zimmer zieht sie die Jalousien hoch, nur im Wohnzimmer. Und auch da nur ein kleines bißchen. Ich kann nie viel erkennen. Im Schlafzimmer steht das Fenster offen. Nur einen Spalt. Ich hab kurz was Weißes aufblitzen sehen. Vielleicht ihr Höschen, als sie es auszog. Ich bin mit dem Zoom von meinem Fernrohr voll ran, hab es genau auf den Spalt gerichtet. Nichts. Ich hab gewartet. Wieder blitzte was Weißes auf. Ich konnte nicht erkennen, was es war. Beschissenes Miststück. Jemanden so zu quälen ist schlimmer als alles andere.

Ich war erst ungefähr eine Stunde zu Hause, als es an der Tür klingelte. Ich wußte genau, wer das war. Das beschissene Miststück von Bewährungshelferin.

Ich muß sie reinlassen. Mein Anwalt hat's mir erklärt. Das gehört zu meinen Bewährungsauflagen. Genau wie das Therapiezentrum. Wenn ich nicht mache, was die wollen, dann können sie meine Rechte verletzen. Das hat mein Anwalt gesagt: Die können meine Rechte verletzen.

Dann kann der Richter mich ins Gefängnis schicken. In ein echtes Gefängnis. Für ziemlich lange.

Ich hab sie reingelassen. Sie hat sich mir gegenüber auf die Couch gesetzt. Sie hat die Beine übereinandergeschlagen. Ich hab das Rascheln von ihren Nylons gehört. Hingesehen hab ich nicht – ich weiß, daß das Miststück mich beobachtet.

Sie hat mich nach meiner Arbeit gefragt. Ich hab ihr gesagt, ich mag Blumen. Die riechen immer gut. Ich bringe sie gern zu Leuten.

Sie hat mich nach der Therapie gefragt. Ich hab ihr erzählt, daß ich immer noch hingehe. Zweimal wöchentlich. Und einmal in die Gruppe.

Sie hat mich gefragt, ob's mich stört, eine Bewährungshelferin zu haben. Ich hab geantwortet, nein – ich mag jetzt Frauen.

Als ich das gesagt habe, wollte sie mein Schlafzimmer sehen. Ich bekam Angst. Aber sie ist allein reingegangen. Als sie das Fernrohr gesehen hat, ist sie wütend geworden. Einen Augenblick hatte ich Angst, daß sie mir was tut. Ich hab ihr gesagt, das wär für die Astronomie. Sie hat gesagt, es ist ihr egal, wofür das ist; es sollte aber besser nicht mehr da sein, wenn sie das nächste Mal kommt.

Das Miststück. Was wohl in ihr drin ist? Ich würde gern mal einen Blick in sie reinwerfen. Mit dem Fernrohr.

Danach war ich ziemlich fertig. Ich hab gezittert. Ich hab versucht, wieder ruhig zu werden. Mein anderes Zeug hatte sie nicht gefunden. Ich forsche ganz schön viel. Ich hab Bücher. Über Schlösserknacken. *Die Todesgriffe des Schwarzen Drachens. Geheimnisse der Ninja.*

Da gibt's eine Frau, der ich schreibe. Ich hab sie noch nie getroffen, aber sie schickt mir Fotos. In jeden Brief an sie leg ich eine Zahlungsanweisung, und sie schreibt mir dann einen Brief zurück. Sie ist mein Sklave. Sie macht alles, was ich ihr sage. Sie ist auch ein Miststück, aber ein gezähmtes Miststück. Sie hütet sich, mir nicht zu gehorchen. Ihren Namen hab ich von einem der Typen aus der Gruppentherapie. Er hat gesagt, das ist ein Ventil, was, wo man Dampf ablassen kann. Damit wir nicht heiß laufen und vielleicht in echt irgendwem weh tun.

Immer wenn ich einen Brief von ihr kriege, will ich irgendeinem Miststück noch mehr weh tun.

Ich schaute aus dem Fenster. Die Rothaarige aus 18-H war zu Hause. Sie geht nicht viel aus. Sie hat einen Mann, der sie besuchen kommt. Ich weiß immer, wann der Mann kommt. Sie zieht sich dann geile Klamotten an. Wenn er reinkommt, behandelt sie ihn wie einen König. Bringt ihm was zu trinken, gibt ihm Feuer für seine Zigarre, setzt sich auf seinen Schoß. Er ist ein alter, fetter Mann. Miststücke sind immer scharf aufs Geld.

Sie lag gerade auf ihrer Couch und sah fern. Ich hab gesehen, wie ihre Hand zwischen ihre Beine geglitten ist. Sie weiß, daß ich sie beobachte.

Ich habe in 16-F geschaut. Ziemlich lange. Ich konnte nicht erkennen, ob die Blondine zu Hause war. Dann hab ich's gesehen, das kurze, weiße Aufblitzen.

Bald werden sie mich holen. Um meine Rechte zu verletzen, die Miststücke. Alle zusammen.

Ich hab meine Liste. Ich hab meine Liste von Miststücken. Alles über sie. Ein paar kenn ich durch meinen Lieferjob. Nur die, bei denen ich richtig in die Wohnung gekommen bin, stehn drauf. Aber die aus dem Hochhaus gegenüber, die mag ich am meisten. Ich bin andauernd in ihren Wohnungen, mit meinem Fernrohr.

Vielleicht erwische ich nur eine von denen, bevor sie mich holen kommen. Ich krieg eine. Ich nehm sie. Und dann hab ich sie für immer. In meinem Kopf. Egal, wohin sie mich stecken, ich kann sie immer haben. Wieder und wieder.

Also muß ich mich entscheiden.

24-G ist eine Hure. Sie hat verdient, was ihr passiert.

19-E ist ein Schwein, eine Drecksau von einem Miststück.

18-H läßt einen fetten, alten Mann alles mit ihr machen.

16-F, das ist das schlimmste Miststück von allen. Wie die geht. Wie die dafür sorgt, daß ich sie nicht sehen kann. Immer nur dieses Aufblitzen. Weiß.

Das hat's entschieden. Ich muß wissen, was dieses weiße Blitzen ist.

Ich bin jetzt auf dem Gang, direkt vor 16-F. Es ist später Nachmittag – sie kommt erst in ungefähr einer Stunde nach Hause.

Es ist so leicht.

Die Dietriche funktionieren tatsächlich. Ich kann die letzte Zuhaltung fallen hören. Gleich gehe ich rein. Das Miststück ist nicht zu Hause, also ist auch keine Kette vorgelegt.

Ich werde einfach reingehen und auf sie warten. Ihr eine Lektion erteilen.

Die Tür geht auf. Es ist dunkel hier drinnen. Aber ich find ihr Geheimnis.

Aus dem hinteren Zimmer ... etwas Weißes blitzt auf ... Zähne.

Alibi

Ich ging langsam den Korridor hinunter. Auf dem dicken, rubinroten Teppichboden waren meine Schritte nicht zu hören. Die prunkvolle Tür aus poliertem Teakholz glänzte dunkel in ihrem bronzefarbenen Rahmen. Die makellose Oberfläche wurde nur von einem kleinen Spiegel unterbrochen, der so sorgfältig wie ein Edelstein weit oben und genau in der Mitte der Türfüllung angebracht war.

Behutsam berührte ich den winzigen Perlmuttknopf auf dem Türrahmen, sah mich im Spiegel und wußte, daß ich auch von innen gemustert wurde.

Der Spiegel war nicht der einzige Beobachter – ich wußte, daß irgendwo auch noch eine Videokamera lief. Ich stand ruhig da, strahlte völlige Gelassenheit aus.

Es spielte keine Rolle, wie lange man mich warten ließ. Es spielte keine Rolle, wie genau ich beobachtet wurde. Nichts würde mich jetzt ungeduldig machen – ich hatte etwas mehr als vier Jahre gebraucht, um diese Tür zu finden.

Vier Jahre und fast dreißigtausend Dollar – Zeit und Geld in kleinen Häppchen, und beides zum Großteil vergeudet.

Aber jetzt ... war ich ganz nah. Ich hielt meine Miene ausdruckslos, brachte die gleiche Leere in meine Augen. Wartete.

Die Tür ging auf. Der Mann im Türrahmen war untersetzt und wirkte wie jemand, der genau wußte, was er tat. Er machte keinen Versuch, das Schulterhalfter unter seiner Anzugjacke zu verbergen.

»Kann ich Ihnen helfen?« fragte er.

»Ich hoffe schon«, erwiderte ich. »Ich möchte mit Mr. Mason sprechen.«

»Werden Sie erwartet?« erkundigte sich der Mann.

»Ja. Ich habe einen Termin. Mein Name ist –«

»Wenn Sie bitte hereinkommen und sich einen Moment gedulden würden«, sagte der Mann, führte mich durch die Tür und deutete auf die Stelle, wo ich warten sollte, »dann werde ich nachschauen, ob Mr. Mason zu sprechen ist.«

Ich stand da und wartete. Dauernd warten. Warten dauert. *Hör auf damit!* befahl ich mir. Ich atmete tief durch die Nase ein, dehnte meinen Magen. Dann atmete ich durch den Mund wieder aus, spannte abrupt die Bauchmuskeln an und entließ die Anspannung aus meinem Körper. Ruhig. Ruhig und konzentriert. Ruhig und ...

Der Mann kehrte zurück. »Wenn Sie bitte mitkommen wollen ...«

Ich folgte ihm. Seine Schultern wiegten sich beim Gehen wie die eines Profiboxers, voller Vertrauen in die Kraft seines Oberkörpers. Ich ließ meine Schultern sinken, machte meine Silhouette schmal. Strahlte Ruhe aus. Gelassenheit. Und Sicherheit für alle.

Der Mann trat zur Seite, winkte mich mit einer Handbewegung ins Büro. Der Raum war riesig, groß genug für ein halbes Dutzend normaler Büros. Der Mann hinter dem nierenförmigen Glasschreibtisch war stämmig und mit Muskeln bepackt, die allmählich den Kampf gegen das Fett verloren. Sein Kopf war kahlrasiert, und auf der rechten Wange prangte eine auffällige Narbe.

»Sie sind pünktlich, Mr. Knight«, begrüßte er mich und deutete auf einen Ledersessel vor dem Schreibtisch.

Ich nahm Platz, ließ mich tief in den Sessel sinken, um mich optisch noch kleiner zu machen. Ich wartete. Geduldig. Gelassen und geduldig. Ruhig. Für niemanden eine Bedrohung. So nah jetzt . . .

»Soviel ich weiß, haben Sie bereits mit Roger Blue gesprochen«, sagte der Mann, von dem ich vermutete, daß es Mr. Mason war.

Ich antwortete nicht, wartete.

»Stimmt das?« fragte er ohne auch nur eine Spur von Ungeduld in der samtigen Stimme.

»Ja«, erwiderte ich. »Das ist richtig.«

»Dann wissen Sie, was unsere Dienste kosten?«

»Fünfzigtausend Dollar«, sagte ich. »In bar. Keine größeren Scheine als Hunderter. Keine neuen Scheine, keine fortlaufenden Seriennummern.«

»Sehr gut.« Der Stämmige lächelte. »Darf ich davon ausgehen, daß Sie es bei sich haben?«

»Ja«, sagte ich und hob langsam meine rechte Hand, damit er die lederne Aktentasche sehen konnte. »Es ist alles hier.«

»Raymond erledigt das für Sie«, sagte Mr. Mason und deutete mit einem kurzen, dicken Finger. Ein Diamant glitzerte an seiner Hand.

Der Mann, der mich hereingeführt hatte, nahm mir die Aktentasche ab, ging hinaus und schloß die Tür hinter sich.

Ich war allein mit dem Stämmigen. »Es wird nur wenige Minuten dauern«, sagte er. »Darf ich Ihnen etwas zu trinken anbieten?«

»Nein, vielen Dank«, antwortete ich.

Es dauerte fast acht Minuten, bevor der Mann zurückkehrte, den er Raymond nannte. Raymond kam mit leeren Händen. Er machte eine Geste, die ich nicht verstand. Der Stämmige drehte sich mir zu. »Sind Sie soweit?« fragte er.

Ich nickte. Der Stämmige erhob sich hinter dem großen Schreibtisch und kam auf mich zu. Auch ich stand auf. »Wie heißen Sie?« fragte er mich.

»Knight«, antwortete ich. »Das ist mein richtiger Name.«

»Okay«, sagte er. »Wie nennen Ihre Freunde Sie? Die Jungs, mit denen Sie rumziehen?«

»Knight«, wiederholte ich.

»Dann also Knight«, sagte er. »Kommen Sie.«

Ich folgte ihm aus dem Büro. Am Ende des Korridors öffnete er eine weitere Tür. Dahinter befand sich eine Treppe. Eine Treppe nach unten. Er ging voran. Ich folgte ihm. Hinter mir spürte ich Raymond.

Die Treppe endete in einem großen, holzverkleideten Raum. In einer Ecke stand ein achteckiger, mit grünem Filz bespannter Tisch. An den Tischkanten gab es kleine, runde Aussparungen, rechts und links von jedem Stuhl – ich sah, wozu sie dienten: Platz, um einen Aschenbecher und ein Glas abzustellen. Fünf Männer saßen um diesen Tisch und spielten Karten. In der Mitte des Tischs lagen eine Menge Chips.

»Nehmen Sie Platz«, sagte der Stämmige.

Ich setzte mich auf einen der freien Stühle. Ein Mädchen kam und fragte: »Was darf ich Ihnen bringen, Sir?« Es war ein großes Mädchen. Durch die Netzstrümpfe und die schwarzen, hochhackigen Pumps wirkte sie noch größer. Sonst trug sie nichts.

»Ein Glas Wasser«, antwortete ich.

Niemand lachte, wie es manchmal vorkommt, wenn ich das sage. Das Mädchen ging und kehrte mit einem Glas aus schwerem Kristall zurück, das mit Wasser und Eis gefüllt war.

»Darf ich Ihnen Ihre Pokerkumpel vorstellen?«

sagte der Stämmige zu mir. Er ging um den Tisch und deutete nacheinander auf die fünf Männer.

»Indian Pete«, sagte der Stämmige.

Ein mittelgroßer Mann mit dunklem, rötlichem Teint nickte mir zu.

»Sammy Belt«, sagte der Stämmige.

Ein schlanker Mann mit dünnem Schnauzer nickte mir zu.

Der Stämmige stellte mir so alle meine Mitspieler vor. Dann sagte er: »Jungs, das ist Knight, okay? Er ist Halbprofi, spielt Stud und Draw, ausschließlich um Bares, keine Schuldscheine. Er rechnet immer sofort ab. Mal gewinnt er, mal verliert er. Setzt hohe Summen, aber ohne großes Risiko. Alles klar?«

Die fünf Männer nickten wieder.

»Noch Fragen?« sagte der Stämmige.

»Rauchen Sie?« fragte ein Schwarzer mit feinen Gesichtszügen. Sein Akzent klang karibisch.

»Nein«, antwortete ich.

»Trinken Sie auch was anderes als Wasser?« wollte ein rundlicher, blonder Mann wissen.

»Nein«, erwiderte ich.

»Was dagegen, wenn Sie sich mal umdrehen ... langsam?« bat der Mann, der sagte, er sei Sammy Belt.

Ich machte es, drehte mich einmal um dreihundertsechzig Grad. Als ich ihn wieder ansah, nickte er zufrieden.

Ein großer, schlanker Mann trat an den Tisch. Einige Spieler nickten ihm zu, doch er sagte nichts. Der große Mann öffnete ein Mahagonikästchen und nahm ein neues Kartenspiel heraus. Mit dem Daumennagel schlitzte er die Zellophanhülle auf und ließ die Karten auf den grünen Filz gleiten. Dann mischte er. Seine Hände bewegten sich blitzschnell, schneller und effizienter als jede Maschine. Als er fertig war, schaute er abwartend auf.

»Sie müssen ein paar Partien spielen«, sagte der stämmige Mann. »Das dauert eine, vielleicht anderthalb Stunden, in Ordnung? Damit wir Ihren Stil sehen.«

Der große Schmale warf dem rundlichen blonden Typ links neben sich einen Blick zu, hob fragend eine Augenbraue.

»Draw«, sagte der rundliche blonde Mann.

Der große Mann klopfte auf den Tisch. Jeder Spieler warf einen blauen Chip in die Mitte. »Die Chips sind zwanzig, fünfzig und hundert wert«, erklärte der Stämmige. »Sie brauchen Chips für etwa fünf Riesen.«

»Sie haben doch schon –« begann ich.

»Das hier ist ein ehrliches Spiel«, sagte der stämmige Mann. »Absolut ehrlich. Wenn Sie nicht ... mit Ihrem eigenen Geld spielen ... können wir Sie nicht wirklich kennenlernen. Und Sie bekommen nicht das, wofür Sie bezahlen.«

Ich nahm fünftausend Dollar aus der Jackentasche und legte sie auf den Tisch. Ein Mädchen kam herüber. Eine Rothaarige, kleiner als die erste, aber genauso gekleidet. Sie öffnete eine mit weißem Samt ausgeschlagene Schatulle. Sie stellte mir drei Stapel Chips hin: rot, weiß und blau. Dann legte sie mein Geld in die Schatulle und ging.

Wie die anderen warf ich einen blauen Chip in die Mitte, und der große Mann gab die Karten. Die Männer waren gute Spieler. Ich bin auch ein guter Spieler. Nach etwa einer Stunde sagte der Mann namens Sammy Belt: »Sie reden nicht viel, was?«

»Nein.«

»Sind Sie so? Ich meine, immer?«

»Ja.«

Der Mann, den sie Indian Pete nannten, lachte.

Der Stämmige kam zurück. Er klopfte mir auf die Schulter. »Wie läuft's denn?« fragte er.

»Gut.«

»Rechnen wir zusammen«, sagte er. Er breitete meine Chips auf dem grünen Filz aus. »Sie haben hier sechstausendeinhundert Dollar«, sagte er. »JoJo wird Sie auszahlen.«

Ich vermute, die Rothaarige war JoJo, denn sie kam nun mit der samtausgeschlagenen Schatulle herüber. Sie legte meine Chips hinein, dann zählte sie das Geld ab – einundsechzig Hundertdollarscheine.

»Die Sache läuft so«, erklärte mir der Stämmige. »Das Haus bekommt fünf Prozent von jedem Pot. Mehr zahlen Sie nicht. Was immer Sie essen wollen, was immer Sie trinken wollen, alles geht aufs Haus. Wir haben oben Zimmer, wo Sie schlafen, duschen oder mit einem der Mädchen verschwinden können, wenn sie einverstanden ist, okay?«

»Okay«, sagte ich.

»Das Haus stellt den Geber.« Er deutet auf den großen Mann. »Das ist Slim«, sagte der Stämmige. »Das hier ist sein Tisch. Und auch Ihr Tisch, okay? An diesem Tisch wird nur Stud und Draw gespielt – kein Red Dog, keine wilden Karten, nichts Ausgefallenes. An anderen Tischen gelten andere Regeln. Die fünf Prozent von jedem Pot reichen für den gesamten Service des Clubs, verstehen Sie?«

»Ja.«

»Sonst noch was?« fragte der Stämmige und sah die Männer am Tisch kurz an. Niemand sagte etwas. Der Stämmige faltete die Hände hinter dem Rücken. »Knight kommt gegen zehn«, sagte er und beobachtete mich. Ich nickte. »Geht gegen vier, fünf Uhr morgens.«

Ich nickte wieder.

»An welchem Abend?« fragte mich der stämmige Mann.

»Morgen«, erwiderte ich.

»In Ordnung«, sagte der Stämmige. »Sie wissen noch, was Roger Blue Ihnen gesagt hat, oder? Morgen ist das, was Sie für fünfzig Riesen gekauft haben. Wenn es nicht so läuft, wie Sie es sich vorgestellt haben, und Sie wiederholen wollen, kostet es noch einmal das gleiche.«

»Ich weiß«, sagte ich.

Am nächsten Abend verließ ich gegen neun Uhr das Haus. Der Portier sah mich gehen. Er ist sehr aufmerksam.

Der Portier drückte auf den Knopf. Draußen ging ein Licht an, ein Zeichen, daß ein Taxi benötigt wurde. Als ein Taxi vorfuhr, hielt mir der Portier die hintere Wagentür auf. Ich bedankte mich und drückte ihm einen Dollar in die Hand.

Ich sagte dem Taxifahrer, wohin er fahren sollte. Er notierte das Ziel in sein Fahrtenbuch. Als er vor dem Club hielt, bedankte ich mich. Auch er bekam von mir ein Trinkgeld.

Den Rest des Weges ging ich zu Fuß. Es war fast Mitternacht, als ich sein Haus erreichte, ein großes Haus in einer vornehmen Gegend. Ich kletterte über den Zaun hinter dem Haus. Er hatte keinen Hund. Das wußte ich von meinen Observierungen. Ich hatte ihn lange observiert.

Das Schloß der Hintertür war kein großes Problem. Ich schlüpfte ins Haus. Er lebte allein. So konnte er leichter er selbst sein.

Ich ging auf das Licht zu. Er saß vor dem Fernseher. Auf dem Bildschirm war ein kleiner Junge. Der Junge war ... Er schaute nicht fern, es war ein Video.

Genau so ein Video hatte er von meinem Sohn gemacht, das wußte ich. Die Polizei hatte es nie gefunden, aber ich wußte es.

Ich machte ein kleines Geräusch, damit er sich umdrehte. Dann sah er mich. Erschreckt lehnte er sich zurück.

»Wa – ?«

»Sie wissen, wer ich bin?« fragte ich.

»Nein. Hören Sie, falls Sie – «

»Sie will ich«, sagte ich ruhig. »Für das, was Sie meinem Sohn angetan haben. Meinem Sohn David. Erinnern Sie sich?«

Schweißperlen säumten seinen Haaransatz, aber seine Stimme war beherrscht. »Hören Sie, ich ... ich weiß jetzt wieder, wer Sie sind. Im ersten Augenblick hab ich Sie nicht erkannt ... in diesem schlechten Licht. Ich ... mache Ihnen keinen Vorwurf. Jeder Vater wäre außer sich, wenn seinem Kind so etwas zustieße. Aber ich bin der falsche Mann. Kommen Sie, Sie erinnern sich doch – Sie waren bei dem Prozeß, um Himmels willen! Ich war es nicht. Das wissen Sie. Ich war's nicht. Ist eine furchtbare Sache, was Ihrem Jungen passiert ist. Aber ich bin's nicht gewesen. Alle haben es bezeugt. Ich war die ganze Nacht – «

»Ich weiß, wo Sie waren«, sagte ich. »Ich bin selbst dort. Genau in diesem Augenblick.«

Dialog

Hab keine Angst – ich werde dir nicht weh tun, das verspreche ich. Tut mir leid, daß ich dich festgebunden habe, aber ich will nicht, daß du weggehst. Ich will, daß du zuhörst. Wirst du mir zuhören? Nick einfach einmal, wenn du mir zuhören wirst.

Danke. Das ist sehr nett von dir. Das mit dem Knebel, das tut mir auch leid, aber hier sind überall Leute. Guck mal, wenn du hochschaust ... da drüben ... siehst du das Fenster? Dies ist nämlich eine Souterrainwohnung. Wenn du hinschaust, kannst du die Füße von den Leuten sehen, die vorbeigehen.

Keine Sorge – sie können nicht reinsehen. Ich hab dieses Zeugs aus einem Katalog. Man streicht es auf die Fenster, und dann kann man nur noch von einer Seite durchsehen, wie bei diesen Trickspiegeln, kennst du doch, oder? Wir können raussehen, aber sie nicht rein.

Aber trotzdem sind sie ganz schön nah, verstehst du? Wenn du schreien würdest, dann würde womöglich jemand kommen. Und ich könnte dir nicht zu Ende erzählen.

Tut mir leid. Ich weiß ... ich sage das oft. Aber nur, wenn's angebracht ist – es ist keine Manie oder so. Ich bin einfach ein höflicher Mensch.

Ich weiß, was du denkst – du denkst, ich wär dieser Callgirl-Killer, stimmt doch, oder? Der, um den die Zeitungen so viel Wirbel machen. Die Zeitungen lügen, weißt du. Sie sagen nicht die Wahrheit. Die meisten Mädchen, die waren überhaupt keine richtigen Callgirls. Nur ganz normale Prostituierte. Nutten. Aber »Callgirl« klingt besser in der Presse.

Ich merk's immer, wenn eine Frau eine Nutte ist.

Das sind die einzigen, die ich nehme. Man merkt's. Immer. Manche von denen fallen einfach auf und *schreien* dich förmlich an – die schämen sich überhaupt nicht. Aber manche sind auch heimliche Nutten. So was wie Undercover-Agenten. Verkleidet.

Ist's dir warm genug hier? Soll ich... Nein? Okay, ist schon okay. Entspann dich. Ich mache nichts.

Wo war ich stehengeblieben... Ach ja, Undercover-Agenten. Die sind da draußen. Ich hab sie gesehen. Besonders eine, die seh ich jetzt andauernd. Aber sie ist keine Nutte. Wenigstens keine Nutte zum Bumsen. Aber trotzdem versucht sie, mich in die Falle zu locken.

Ich bin zu schlau für die alle.

Eigentlich bin ich durch sie erst auf die Idee gekommen. Die ersten waren einfach Müll von der Straße. Ich brauchte nur ein Auto. Das tun die nämlich, die steigen in dein Auto ein. Danach ist es ganz leicht. Aber es hieß, sie wären Callgirls. Die Zeitungen haben das behauptet. Oder vielleicht auch die Cops. Danach hab ich's so gemacht: ich hab selbst eine angerufen. Die Telefonnummern stehen in den Gelben Seiten. Begleitagenturen nennen sich ein paar von denen. Oder in den Kleinanzeigen... Rollenspiel nennen die das. Ich hab einfach angerufen, und die haben mir eine vorbeigeschickt. Jedesmal. Anschließend muß ich umziehen, aber das ist kein Problem – ich packe einfach alles in mein Auto.

Ich würde mir nie eins von den Callgirls in diese Wohnung bestellen. In mein Souterrain. Ich würde nie hier wegziehen wollen.

Das mit den Stricken tut mir leid. Und auch das Klebeband. Ich weiß, es ist unbequem. Also, eigentlich bin ich ein sehr netter Mensch. Das sagen wenigstens die anderen von mir ... daß ich ein netter Mensch bin. Und es stimmt – es ist nicht gelogen.

Das tut mir wirklich ehrlich leid. Als ich dich gesehen habe, wie du so ganz allein in dieser Gegend unterwegs warst, so spät abends, da war ich sicher, du wärst auch eine von denen.

Tut mir wirklich leid, Colleen. So heißt du doch, stimmt's? Ja? Hab ich mir gedacht. Ich wußte, daß du nicht zu der Sorte von Mädchen gehörst, die einen falschen Ausweis haben. Du bist Studentin, richtig? An der Universität? Das steht hier wenigstens ... Tut mir leid, daß ich in deiner Handtasche rumwühle und alles. Ich hab nichts genommen. Ich bin kein Dieb.

Du arbeitest bestimmt in diesem Diner, damit du das College bezahlen kannst, oder? Ja, hab ich mir gedacht. Das ist sehr gut: seinen eigenen Weg zu machen. Das mache ich auch. Ich hab keine Familie. Hast du Familie? Ja? Brüder und Schwestern und so? Nein? Du bist Einzelkind? Das ist aber schade. Ich war auch ein Einzelkind. Wär nett gewesen, Brüder und Schwestern zu haben.

Tut mir leid, daß ich ... drunter nachgesehen habe. Ich meine, du hattest diesen kurzen Rock an und so ... ich wußte ja nicht, daß es eine Kellnerinnenuniform war. Ich meine, es hat *ausgesehen*, als könnte es eine sein, aber manche von den Nutten, die verkleiden sich als was anderes. Deswegen mußte ich nachsehen ... da unten drunter. Tut mir leid, wirklich. Ich hab dich nicht angefaßt oder so. Das würde ich nie tun.

Bitte, hab keine Angst. Es ist alles in Ordnung. Paß auf, ich werd's dir beweisen. Ich mach Fotos von denen. Die Fotos werde ich immer haben. Selbst wenn sie nicht mehr da sind. Ich mache immer Fotos von ihnen. Warte, bleib einfach sitzen ... oh, ich hab's nicht so gemeint. Das sollte kein blöder Witz sein. Ich kann's nicht ausstehen, wenn Leute blöde Witze machen ... mit ihren Worten können sie einem wirklich richtig weh tun. Bin sofort wieder da.

Siehst du? Siehst du die Fotos? Polaroids sind das. Ich könnte ja keinen Film zum Entwickeln weggeben. Siehst du sie? Paß auf – das hier war die erste. Aber von dir hab ich kein Foto gemacht, auch nicht als du ... bewußtlos warst. Ich weiß, du bist nicht wie die anderen.

Es tut mir wirklich leid. Ich weiß, du bist unschuldig. Ein unschuldiges Mädchen. Hast du einen festen Freund? Nein? Mensch, so ein hübsches Mädchen wie du ... du bist voll ausgelastet mit der Schule und der Arbeit und allem, was?

Du hast keinen festen Freund. Mensch, meinst du, wenn ich ...? Nein, das ist blöd. Ich meine, wenn du mich kennengelernt hättest ... also, vielleicht in dem Restaurant, dann könnten wir ...?

Ja?

Oh, ich weiß, daß du das nicht meinst. Ich bin jetzt nicht sauer auf dich. Ich weiß, daß du nur versuchst, nett zu sein. Nett zu einem Fremden. Das ist richtig süß. Ich bin kein bißchen sauer.

Es tut mir wirklich schrecklich leid. Wenn ich gewußt hätte, hätte ich nie ... das verstehst du doch?

Gut. Nachdem ich herausgefunden hab, was für ein Mädchen du bist, da wollte ich, daß du verstehst. Ich wollte mit dir reden.

Ich weiß, es war alles nicht deine Schuld, Colleen. Meine Schuld war's auch nicht, nicht wirklich.

Wenn ich dir das nur erklären könnte. Aber ... es spielt keine Rolle. Ich weiß, daß du ein richtig nettes Mädchen bist. Ich wollte dir nur sagen, daß es mir leid tut.

Ich hab durch dich was begriffen, Colleen. Menschen sind nicht immer das, was sie zu sein scheinen. Ich wahrscheinlich auch nicht.

Ich bin jetzt fertig mit allem.

Es tut mir wirklich richtig leid. Alles tut mir leid. Vielleicht hilft dir das auch nicht viel, aber ich wollte, daß du es weißt.

Ich schwör's. Es tut mir leid, und ich schwör's.

Du bist die letzte.

Kain

1 »Sehen Sie sich meinen Buster an ... sehen Sie nur, was die mit ihm gemacht haben.« Der alte Mann deutete mit einem zitternden Finger auf den Hund, einen großen deutschen Schäferhund. Das Tier kauerte in der Ecke der Küche der Eisenbahnerwohnung – sein prächtiger Kopf war schief, unter dem zottigen Fell fehlte ein Stück Schädel. Eine tiefe Tasche Narbengewebe leuchtete weiß, wo einmal ein Auge gewesen war, das andere war milchig-trüb vom grauen Star, gesprenkelt mit Angst. Der Schwanz des Hundes hing in einem irrwitzigen Winkel, eine Vorderpfote steckte unbrauchbar in einem Gipsverband.

»Wer war das?«

Der alte Mann hörte nicht zu, war noch nicht fertig. Drückte die Wunde, um den Eiter herauszubekommen. »Buster paßt hinter dem Haus auf, da wo der Hühnerdraht ist. Die haben ihn gequält, Steine nach ihm geworfen, ihn ganz verrückt gemacht. Dann haben sie das Schloß geknackt. Es waren zwei. Der eine hatte einen Baseballschläger, der andere ein Stück Rohr. Mein Buster ... der würde keinem Menschen was tun. Sie haben auf ihn eingeschlagen, immer und immer wieder, und gelacht. Ich bin runtergelaufen, damit sie aufhören ... die haben mich einfach weggestoßen, als wäre ich eine Schmeißfliege. Die haben meinen Buster so zugerichtet, daß es ihm sogar weh tut, wenn ich versuche, ihn zu streicheln.«

Der alte Mann saß weinend an seinem Küchentisch.

Der Hund beobachtete mich, ein klägliches Jaulen löste sich aus seinem offenen Maul. Sein halbes Gebiß war weg.

»Sie wissen, wer das war«, sagte ich. Es war keine Frage. Wenn er das nicht gewußt hätte, dann hätte er mich nicht gerufen – ich bin kein Privatschnüffler.

»Ich habe ... habe die Cops gerufen. 911. Die sind nie gekommen. Ich bin runter zum Revier. Der Mann am Schalter hat gesagt, ich soll den Tierschutzverein anrufen.«

»Sie kennen die?«

»Ich weiß nicht, wie sie heißen. Zwei Männer, junge Männer. Einer hat viel Muskeln, der andere ist mager.«

»Sind sie hier aus der Nachbarschaft?«

»Ich weiß nicht. Sie sind immer zusammen – ich habe sie auch vorher schon gesehen. Jeder kennt sie. Sie haben rasierte Schädel.«

»Jeder kennt sie?«

»Jeder. Sie quälen auch andere Hunde. Sie machen so lange, bis die Hunde sie anbellen, und dann ...« Er weinte wieder.

Ich wartete, beobachtete den Hund.

»Die kommen wieder. Ich sehe sie die Gasse runtergehen. Fast jeden Tag. Ich kann Buster nicht mehr draußen lassen – kann nicht mal mehr mit ihm spazierengehen. Ich muß jetzt immer saubermachen, wenn er sein Geschäft gemacht hat.«

»Was wollen Sie?«

»Was ich will?«

»Sie haben mich gerufen. Vor irgendwem haben Sie meinen Namen. Sie wissen, was ich tue.«

Der alte Mann stand auf und kniete sich neben seinen Hund. Legte eine Hand behutsam auf den Kopf des Tieres. »Buster war der zäheste Hund auf der Welt – hatte vor nichts und niemandem Angst.

Ich habe ihn als Welpe gekriegt. Heute will er nicht mal mehr mit mir aus dem Hoffenster schauen.«

»Was wollen Sie?« fragte ich noch einmal.

Beide sahen mich an. »Sie wissen schon«, sagte der alte Mann.

2 Ein freistehendes Backsteingebäude in Red Hook, nicht weit vom Wasser, umgeben von einem Maschendrahtzaun mit Nato-Draht oben drauf. Ich klingelte. Ein Hund knurrte warnend. Ich schaute in die verspiegelte Scheibe, wußte, daß ich beobachtet wurde. Die Stahltür ging auf. Ein Mann in einem weißen T-Shirt über einer schlabbrigen schwarzen Hose öffnete. Er war barfuß, hatte dunkles, kurzgeschnittenes Haar und einen so geschmeidigen Körper, als wäre er aus Gummi. Er verbeugte sich leicht. Ich erwiderte die Verbeugung, folgte ihm hinein.

Ein rechteckiger Raum, aufgerauhter Holzfußboden. In einer Ecke baumelte ein mit Segeltuch bezogener, schwerer Sack von der Decke. In einer anderen hing ein Autoreifen an einem dicken Seil. Zwei lange Holzknüppel hingen an Haken.

»Ich hole ihn«, sagte der Mann.

Ich wartete, rührte mich nicht von der Stelle.

Er kam zurück, führte einen Hund an einer Kette herein. Es war ein stämmiger Pitbull, ganz weiß bis auf einen schwarzen Fleck über dem einen Auge. Der Hund beobachtete mich, ruhig wie eine Kobra.

»Hier ist er«, sagte der Mann.

»Sind Sie sicher, daß er es macht?«

»Garantiert.«

»Wie heißt er?«

»Kain.«

Ich ging in die Hocke, sagte den Namen des Hundes, kraulte ihn hinter seinen aufgerichteten Ohren, als er zu mir kam.

»Wollen Sie mit ihm üben?«

»Ja, wäre besser. Ich kenne zwar die Befehle, die Sie mir gesagt haben, aber . . .«

»Warten Sie hier.«

Ich spielte mit Kain, machte mit ihm die Standard-Gehorsamsübungen. Er war eine Maschine, perfekt.

Der Hundetrainer kam zurück. Bei ihm waren zwei Männer in Schutzanzügen, ledergefüttert und gepolstert. Über dem Gesicht Masken wie Torwarte beim Eishockey.

»Also los«, sagte er.

3

Ich ging die Gasse hinter dem Haus des alten Mannes entlang. Kain an einer dünnen Lederleine, die ich locker in der linken Hand hielt. Der Hund kannte die Strecke inzwischen – es war unser fünfter Tag.

Zwanzig Meter vor mir kamen sie um die Ecke. Der Kleinere hatte einen Baseballschläger über der Schulter, der Muskelmann ließ ein Stück Bleirohr immer wieder in seine offene Hand klatschen.

Sie kamen näher. Ich trat zur Seite, um sie vorbeizulassen, zog Kain dicht an mein Bein.

Sie gingen nicht vorbei. Der Kleinere pflanzte sich vor mir auf, sah mir in die Augen.

»He, Mann. Das ist ein Pitbull, stimmt's? Ganz schön gefährliche Hunde, hab ich gehört.«

»Nein, der ist nicht gefährlich«, sagte ich mit stockender Stimme. »Er ist ein Haustier.«

»Ich finde, er sieht wie ein ziemlich übler Hund aus«, sagte der kräftige Bursche, fuchtelte mit dem

Bleirohr vor dem Maul des Hundes herum, stach zu. Kain wich zurück.

»Bitte, tun Sie meinem Hund nichts«, flehte ich die zwei an und zog gleichzeitig an der Leine.

Kain sprang in meine Arme, vergrub sein Gesicht an meiner Brust. Ich konnte die angespannten Muskeln an seinen Beinen spüren, während er alle vier Pfoten gegen mich stemmte.

»Oooh, hat Ihr Hund vielleicht *Angst*, Mann?« spottete der Kräftige, trat dicht vor mich und schlug mit dem Rohr auf den Rücken des Hundes.

»Lassen Sie uns in Ruhe«, sagte ich und wich zurück, sie kamen näher.

»Setz den Hund runter, Schwuchtel!«

Ich legte meinen Mund dicht an Kains Ohr, flüsterte »Los!« und breitete die Arme aus. Ohne einen Laut drückte sich der Pitbull von meiner Brust ab, seine Alligatorzähne schlossen sich um das Gesicht des Größeren. Ein Schrei sprudelte heraus. Der Kerl stürzte zu Boden, krallte sich an Kains Rücken. Fetzen seines Gesichts flogen weg, rot und weiß. Er zuckte, als säße er auf dem elektrischen Stuhl, aber der Hund ließ nicht locker, löste den Biß nicht. Der kleinere Bursche stand da wie gelähmt, mit offenem Mund, aus dem kein Laut herauskam, zwischen den Beinen verfärbte sich seine Hose dunkel.

»Aus!« herrschte ich den Hund an. Kain trat zurück, hatte blutigen Schaum vor dem Maul.

»Du bist dran«, sagte ich zu dem Kleineren. Er rannte los, lief um sein Leben. Kain erwischte ihn, stürmte einfach seine Wirbelsäule hoch, schloß die Kiefer um seinen Nacken.

Als ich ein Knacken hörte, rief ich ihn zurück.

Wir drehten uns um, gingen die Gasse wieder hoch, da schaute ich nach oben.

Der alte Mann stand am Fenster. Neben ihm hatte Buster den Gipsverband um seine Pfote lässig auf den Sims gelegt.

Wann immer ich will

Sie reagierte nicht auf mein Klopfen. Ich benutzte den Schlüssel, den sie mir gegeben hat, und schloß die Tür auf. Als ich sie auf dem nackten Holzboden liegen sah, wußte ich, daß er sie schließlich genommen hatte. Wie er es uns immer gesagt hatte.

Ich ging nach nebenan, klingelte. Die Leute dort verständigten die Polizei. Ich machte ihnen keine Angst, geriet nicht in Panik. Ich war höflich wie immer.

Zwei Detectives kamen. Ich sagte ihnen, daß Denise meine Schwester ist. Meine große Schwester. Alle waren sie meine großen Schwestern, alle vier. Denise war die Jüngste, zweiundzwanzig Jahre alt, als er sie nahm.

Die Cops stellten mir eine Menge Fragen. Das war okay – ich bin Fragen gewöhnt. Sie fragten mich, wo ich war, bevor es passierte. Das war der leichte Teil – ich arbeite die Nachtschicht, eine Menge Jungs in der Fabrik haben mich gesehen.

Ich nannte ihnen die Namen: Fiona, Rhonda, Evelyn. Und Denise. Meine vier Schwestern. Ich habe auch einen Bruder, Frankie. Er ist sechzehn. Wegen seines Alibis machte ich mir keine Sorgen – er war gerade im letzten Monat von einem Jahr Urlaub auf Staatskosten. Frankie ist ein großer Junge, und er kann ziemlich unangenehm werden.

Ich bin neunzehn. Ich arbeite nachts und gehe tagsüber aufs College. Am Wochenende bin ich ein Dieb. Ein vorsichtiger, ruhiger Dieb.

Denises Gesicht war ganz verquollen, an den Händen hatte sie Schnittwunden, weil sie versucht hatte, das Messer abzuwehren, bevor es das letzte

Mal eindrang. Sie war nackt, ihre Kleider lagen im Raum verstreut. So hatte er sie liegenlassen.

»Haben Sie sie geliebt?« fragte mich einer der Detectives.

»Ich liebe sie immer noch«, antwortete ich.

Ich ging nach Hause, zog mich um, zog einen netten Anzug an. Ich fuhr runter nach Pontiac. Die Wachen dort mögen mich. Ich bin immer höflich, immer respektvoll.

Sie brachten Frankie raus, ließen uns allein.

Ich erzählte es ihm.

»Bring ihn nicht um, bevor ich draußen bin«, flehte er mich an, sah mich mit seinen großen, dunklen Augen an.

»Kann ich auf dich zählen?« fragte ich.

»Auf mich zählen? Er ist tot, Fal! Bei meiner Ehre, er ist tot. Sorg du nur dafür, daß du am ersten Abend, wenn ich hier rauskomme, irgendwo bist, wo man dich sieht.«

Frankie nennt mich Fal – kurz für Falcon. Das machten die meisten Kids in unserem Club. Weil ich immer beobachtete. Ich beugte mich zu ihm, redete ganz leise. »Weißt du noch, Frankie? Weißt du noch, wie's war ... bevor wir weg sind?«

Sein Gesicht war gemeißelter Stein, große Hände umklammerten die Tischkante. Die Knöchel voller Narben.

Unser Haus. Eine Zone des Schreckens. Nirgendwo Schlösser, nicht mal an der Badezimmertür. Der Keller, wo er die Mädchen nahm. Eine nach der anderen. Der Lederriemen, der mit den Messingbeschlägen. Ich spüre ihn immer noch auf meinem Rücken.

Ich war noch klein, als er mit Fiona anfing – Frankie war damals noch nicht geboren. Eine nach der anderen. Sein Eigentum. Einmal hat Mom versucht, ihn aufzuhalten. Ich erinnere mich – ich war damals acht, Evelyn ungefähr dreizehn. Er hat sie gezwungen, ihm einen zu blasen. Am Küchentisch. Wir mußten alle zusehen. »Wann immer ich will«, hat er gesagt. »Mein Eigentum – wann immer ich will.« Ich hab versucht, mich auf ihn zu stürzen – Denise hat mich zurückgehalten. Es hat nicht viel genützt. Er hat mich so sehr verprügelt, daß ich im Krankenhaus aufgewacht bin.

Mom hat ihnen gesagt, ich wäre eine Treppe runtergefallen. In den Keller, auf den Betonfußboden.

Denise hat er nie gekriegt. Sie hat sich geweigert. Einmal hat er ihr den Arm gebrochen, hat ihn ihr brutal auf den Rücken gedreht. Ich hab's knacken hören.

Ich weiß nicht, was Denise im Krankenhaus erzählt hat, jedenfalls sind Sozialarbeiter zu uns nach Hause gekommen. Die älteren Mädchen haben alle gesagt, Denise wäre eine Lügnerin ... sie wäre immer lange weg, würde Zigaretten rauchen, trinken. Mit Jungs rummachen. Die Sozialarbeiter haben ihm irgendwas von wegen Erziehungsberatung gesagt.

Als sie weg waren, hat er mir ins Gesicht geboxt. Ich habe zwei Zähne verloren. Dann ist er mit Rhonda runter in den Keller gegangen.

Einmal hat Denise versucht, ihn zu erstechen. Mit einem Küchenmesser, als er gerade meine Hand in die Flamme des Gasherds hielt. Ich habe mich vollgekotzt, aber er hat nicht aufgehört.

Eine nach der anderen sind die Mädchen ausgezogen. Fiona ist heute eine Nutte. Sie arbeitet in einem Club in der Innenstadt, tanzt nackt. Rhonda hat sich mit Drogen umgebracht. Evelyn ist mit einem Rocker durchgebrannt.

Fiona besucht er immer noch. Wann er will.

Denise hatte einen Job als Schreibkraft. Bei einem Rechtsanwalt. Denise war die Klügste von uns. Sie wollte später auch Jura studieren. Einmal hat er sie abgeholt. Hat ihr erzählt, Mom läge im Krankenhaus. Ist mit ihr in eine kleine Gasse gefahren und hat sich über sie hergemacht. Denise hat sich gewehrt, konnte ihn sich vom Leib halten. Sie hat's den Cops erzählt. Die haben ihn abgeholt. Er hat gesagt, das wäre nie passiert – er wäre die ganze Nacht mit Mom zu Hause gewesen. Mom war nie im Krankenhaus. Aber Denise. Vorher. In einem psychiatrischen Krankenhaus. Als sie versucht hatte, sich umzubringen.

Als die Cops das herausfanden, war der Fall für sie erledigt.

Er hat immer gesagt, er würde sie nehmen. Sie gehörte ihm. Alle gehörten ihm. Er heißt Fred. Die Namen der Mädchen waren so was wie sein Brandzeichen. Fiona, Rhonda, Evelyn, Denise.

Frankies Name spielte keine Rolle. Meiner auch nicht.

»Kann ich auf dich zählen?« fragte ich Frankie noch einmal.

Diesmal kapierte er. Streckte die Hand aus. »Es muß klappen«, sagte ich. »Für Denise. Ihn einfach fertigmachen, das wäre nicht genug. Verstehst du?«

Er nickte.

»Keinen Quatsch mehr, Frankie. Reiß deine restliche Zeit ab, mach keinen Ärger mehr, verstanden?«

Er nickte wieder.

Ich wartete und beobachtete.

Mom hat ausgesagt, er wäre in der Nacht, als

Denise ermordet wurde, bei ihr gewesen. Es gilt als *unaufgeklärter Mordfall.*

Frankie kam an einem Montag raus. Ich holte ihn ab. Er ist zu mir gezogen.

Freitagabend sind wir rein. Für die Schlösser brauchte ich nur ein paar Minuten.

Er ist nicht aufgewacht. Ich ließ Frankie oben an der Treppe, ging runter in den Keller ging. Frankie hatte ein Moniereisen in der Hand. »Wenn er runterkommt, kannst du's erledigen«, sagte ich.

Ich weiß, wo er seine Trophäen aufhebt. In diesem kleinen Hinterzimmer, das er sich im Keller gebaut hat. Unter einem lockeren Backstein in der Ecke. Einen roten Seidenschal, ein verschossenes Mieder von einer Tanzveranstaltung, ein Höschen von einem kleinen Mädchen, weiß. Und die Fotos: Fiona auf den Knien, er in ihrem Mund. Rhonda vornübergebeugt, irgendwas ragt aus ihr heraus. Evelyn nackt und auf dem Rücken, ein Spiegel zwischen ihren Beinen. Von Denise hatte er keine Klein-Mädchen-Fotos – nur ein Polaroid, wie sie auf dem Boden liegt. Nackt. Ein Messer zwischen ihren Brüsten.

Ich nahm alles. Ließ ihm einen Zettel da.

Er ist ein Tier. Braucht sein Blut. Seit die Mädchen ausgezogen sind, geht er immer, wenn irgendwas schiefgeht, wenn er Streß hat, runter in seinen Raum, holt seine Trophäen raus und betet.

Samstagmorgen. Ich rief zu Hause an. Wie immer meldete sich Mom.

»Gib ihn mir«, war alles, was ich sagte.

»Was willst du?« fragte er herausfordernd. Hart, aggressiv. So wie er uns gesagt hatte, daß man sein müßte . . . als Mann.

»Rache«, antwortete ich ruhig. »Rache für Denise.«

»He! Ich hab nichts zu tun mit . . .«

»Doch. Doch, du hast. Du bist erledigt. Schon bald. Sehr bald. Vielleicht durch ein Feuer, während du schläfst. Vielleicht fliegt dein Wagen in die Luft, wenn du den Zündschlüssel drehst. Oder vielleicht ein Gewehrschuß. Du kannst nirgendwo hin. Du kannst nichts dagegen tun. Ich bin jetzt gut in so was. Bleib wo du bist, und warte darauf, alter Mann. Bald ist es soweit.«

Ich legte auf.

Am nächsten Tag rief er an. Frankie hörte an meinem Apparat mit. Er erzählte mir, er sei ein kranker Mann. Die Mädchen hätten ihn verführt, Mom sei für Sex nicht mehr zu gebrauchen, wo sie doch mit ihren Installationen so viel Probleme hätte. Daß er zu einem Psychologen gehen, sich bessern würde. Es wäre nicht seine Schuld.

Ich sagte ihm, ich wüßte nicht, was er meint.

Als Frankie später anrief, um mir zu sagen, daß der Alte mit Mom das Haus verlassen hatte, bin ich rübergefahren.

Frankie und ich sind durch den Hintereingang rein, schnell und sauber. Ich drehte die Sicherung für die Kellerbeleuchtung raus und ging runter. Ich öffnete meine Aktentasche, nahm die durchsichtige, weiche Plastikfolie raus, wie Stoff. Wir wickelten uns in die Folie und warteten.

Es war schon spät, als er runterkam. Wir hörten das Klicken des Lichtschalters. Nichts. Er kehrte mit einer Taschenlampe zurück. Ging in das kleine Hinterzimmer.

Wir hörten, wie er den Ziegel bewegte. Er stieß einen animalischen Laut aus und kam rausgerannt.

Frankie und ich schnappten ihn, bevor er die Treppe erreichte.

Wir ließen ihn auf dem Betonboden liegen. Er war nur noch blutiger Matsch, von seinem Gesicht war nichts mehr da. Ein Toter, der den Abschiedsbrief umklammert, den er vor Jahren geschrieben hatte.

Wann immer ich will.

Cross

Bandit

Die Wohngemeinschaft war eine Müllkippe. Sie war nicht so übel wie das Heim, das stimmt schon. Wir lebten in Zimmern, nicht in Schlafsälen. Und die Badezimmer waren wie in richtigen Häusern. Die Fenster hatten keine Gitter, und der Zaun um das Haus war nichts – einfach Holz, ohne Nato-Draht oben drauf. Aber trotzdem war's eine Müllkippe ... ein Ort, wo man Sachen wegschmeißt.

Es war eine merkwürdige Mischung. Nicht wie im Heim, da war's auch eine Mischung, aber wenigstens waren dort nur miese Typen. In der Wohngemeinschaft gab's miese Typen wie mich, die auf dem Weg aus dem Heim nach draußen waren. Man mußte ein paar Monate dort bleiben, bevor sie einen gehen ließen. Aber sie hatten auch andere Kids da, Kids, die nie was angestellt hatten, aber trotzdem eingesperrt wurden, weil kein Mensch sie haben wollte.

Da war Rodney. Er war kleiner als die meisten, auch wenn er nicht der kleinste war. Rodney hatte ein kaputtes Bein, weil der Freund seiner Mutter ihn immer dorthin geschlagen hatte. Er mußte das kranke Bein beim Gehen hinter sich herziehen, und laufen konnte er überhaupt nicht.

Ein großer, stämmiger Schwarzer leitete den Laden. Er war der Direktor. So nennen sie die in den Wohngemeinschaften, nicht Leiter wie in den Heimen. Mr. Allen, so hieß er.

Als ich ankam, hat er mir gesagt, daß sich die Kids hier darauf vorbereiten, selbständig zu sein. Ein offenes Heim, so hat er es genannt. Schlampladen traf die Sache schon mehr – genau wie im Knast, nur daß hier mehr geredet wurde.

Meistens redeten wir in der Gruppe. Wir saßen im Kreis und quatschten. Über unsere Gefühle. Mr. Allen, der hat gesagt, das ist wichtig. Unsere Gefühle auszudrücken.

Ich hab diesen Schwachsinn nie mitgemacht. Wenn man über seine Gefühle redet, halten einen die Leute für einen Schwächling.

Mr. Allen, der war kein Schwächling. Er war ein Ex-Knacki, ein kräftiger Typ mit einem knallharten Gesicht und jede Menge Muskeln. Ich will aussehen wie er – so auszusehen ist gut, wenn man drinnen ist. Er hat in einem Staatsgefängnis gesessen, vor vielen Jahren. Heute arbeitet er für den Staat.

Rodney wohnte in meinem Zimmer. Nur wir beide – das Zimmer war wirklich klein. Ich hatte nicht viel Kram, aber ich besaß ein Radio. Eines Tages, als ich unterwegs war auf der Suche nach einem Teilzeitjob, sind drei Typen von oben wegen meinem Radio ins Zimmer gekommen. Rodney kam rein, als sie es gerade klauen wollten. Sie sagten, er soll sich verpissen, aber er versuchte, sie festzuhalten. Sie stürzten sich auf ihn und schlugen ihn zusammen.

Aber das Radio ließen sie stehen; so wie er gekämpft hatte, wußten sie, daß er es mir erzählen würde.

Rodney wurde ins Krankenhaus gebracht. An diesem Abend kam Mr. Allen in mein Zimmer. Er wollte wissen, wieso mein Radio nicht lief. Ich sagte, ich wollte lesen. Er ging rüber zum Radio und schaltete es ein. Nichts passierte.

»Wo sind sie?« fragte er.

Ich gab ihm den Anstaltsblick, aber Mr. Allen starrte zurück.

»Raus damit«, sagte er.

Ich griff unter mein Bett und gab ihm eine von meinen dicken, weißen Socken. Voll mit Batterien aus dem Radio.

»Willst du dich ein bißchen revanchieren, Marlon?«

Ich sagte nichts.

»So läuft das hier nicht«, sagte er. »Ich kümmere mich drum.«

Am nächsten Morgen wurden die drei Typen abtransportiert. Zurück ins Heim.

Als Rodney zurückkam, erzählte uns Mr. Allen in der Gruppe, daß die drei Typen sich nicht an die Regeln der Gemeinschaft halten konnten, deshalb mußten sie gehen.

Alle nickten, als wäre das richtig. Ich spürte, daß Mr. Allen mich beobachtete, aber ich sah ihn nicht an.

Eines Tages sagte Rodney in der Gruppe, daß er gern einen kleinen Hund hätte. Er hatte sogar ein Foto von dem, den er sich wünschte. Einen schwarzweißen Welpen. »Ich würde ihn Bandit nennen«, sagte Rodney.

Mr. Allen sagte, eines Tages könnte er vielleicht einen haben, wenn er sich um ihn kümmern würde.

Rodney war völlig aus dem Häuschen. Einer der Jungs flüsterte »Rotznase«, ganz leise, aber ich hörte ihn. Ich sagte, ich wollte auch einen kleinen Hund, sah dem Typen dabei in die Augen. Zu mir sagte er nichts.

Später nahm mich Mr. Allen beiseite. Er sagte, es ist gut, daß ich auf meinen Partner aufgepaßt habe, aber ich sollte nicht dumm sein.

Rodney weinte jede Nacht, aber ich sagte nichts.

Er bekam nie Besuch.

Ich bekam auch nie Besuch, aber das war was anderes. Ich wußte, daß keiner kommen würde, aber Rodney, der dachte immer, seine Mutter würde kommen.

Das Schloß am Hintereingang der Tierhandlung war ein Klacks. Ich stieg ein, wie ich es im Heim gelernt hatte.

Rodney hat geweint, als ich ihm das Hündchen zeigte. »Bandit!« sagte er. Der kleine Hund schlief auf seinem Bett.

Am nächsten Morgen kamen sie mich holen. Mr. Allen ging mit mir in sein Büro. Die Cops sagten, es wäre schon in Ordnung, aber die Handschellen nahmen sie mir nicht ab.

»Darf Rodney den kleinen Hund behalten?« fragte ich.

Er versprach es. Er sah traurig aus. »Ich werde den Hund bezahlen, Marlon«, sagte er. »Du gibst mir das Geld zurück, wenn du kannst.«

»Das mache ich«, versprach ich. Ich zahle immer zurück.

Diese Typen, die Rodney fertiggemacht haben ... bald werde ich sie sehen.

Krüppel

Ich arbeitete mich den langen Korridor hinunter zu dem Lichtflecken vor, alle Antennen ausgefahren. Bereit. Die Tür stand offen, ein grünliches Schimmern von dem Computermonitor wies den Weg. Ich trat ein, die Gummisohlen meiner Schuhe machten kein Geräusch auf dem dicken Teppichboden. Er saß in seinem Rollstuhl, schaute auf den Bildschirm, der riesige Kopf wackelte auf dem dürren Stengel von Hals, knochige Finger lagen auf der Tastatur.

Auf dem Bildschirm das Bild eines kleinen Jungen im Matrosenanzug.

Er berührte einige Tasten. Eine andere Gestalt erschien auf dem Bildschirm. Finster, in den Schatten lauernd. Der Mensch in dem Rollstuhl tippte noch ein paar Tasten, und das Bild wurde deutlicher. Verdichtete sich zu einem Mann. Einem großen, gut gekleideten Mann.

Leises Summen vom Computer. Das Atmen des Mannes veränderte sich, von Ruhe zu Ächzen.

»Wie sind Sie an den Hunden vorbeigekommen?« fragte er, ohne sich umzudrehen.

»Betäubungsgewehr«, erwiderte ich. »Secobarbital. Nullkommaein Gramm pro Patrone.«

Er drückte einen Knopf auf der Tastatur des Rollstuhls. Der Motor bewegte ihn zurück, fort von dem Computer, und drehte ihn, bis er mich quer durch den Raum ansah.

»Sie müssen sehr gut sein in dem, was Sie tun«, sagte er. Seine Stimme war so verkümmert wie sein Körper, eingerostet durch seltene Benutzung.

»Wie Sie«, erwiderte ich mit kaum mehr als einem Flüstern.

»Was wollen Sie?«

»Ich will, was in Ihrem Computer ist.«

»Das ist nicht zu verkaufen.«

»Deshalb bin ich hergeschickt worden.«

»Sie verstehen nicht. Ich stelle keine Pornographie her. Ich verletzte keine Kinder. Das ist alles nur ein Spiel. Zur Unterhaltung. Ich produziere interaktive Computermodule. Nur Bilder auf einem Monitor. Man drückt auf einen Knopf, und die Bilder tun, was man will. Das tut niemandem weh.«

»Wenn Sie es sagen.«

»Das ist nicht mal illegal, verstehen Sie? Ich habe meine Rechte. Die Verfassung garantiert das Recht auf freie Meinungsäußerung. Schon mal davon gehört?«

»Klar.«

»Nein, Sie würden das nicht verstehen. Sie sind nur ein Söldner. Jemand, den man kaufen kann. Ein gewöhnlicher Krimineller. Nun, sagen Sie den Leuten, die Sie geschickt haben, daß die mir nie das Wasser reichen werden. Sie können meinen Computer stehlen, aber ich habe immer noch mein Gehirn. Meine Intelligenz. Was Sie auch nehmen, ich kann mehr davon produzieren.«

»Ich weiß.«

»Dann nehmen Sie sich, weshalb Sie gekommen sind, und verschwinden Sie. Auf mich wartet Arbeit.«

Er drehte den Rollstuhl wieder um, blickte auf den Bildschirm. Ich nahm die Pistole heraus, schraubte den Schalldämpfer auf und schoß ihm in den Hinterkopf. Sein Hirn spritzte über den Monitor, verdeckte die Bilder.

Es ist nicht immer schrecklich, einen Verstand zu vernichten.

Kreuzfeuer

1 »Seien Sie vorsichtig damit«, ermahnte der Mann den uniformierten Pagen des Parkservices. »Der hat mich einen Haufen Geld gekostet«, fügte er unnötigerweise hinzu; das glänzend schwarze Mercedes 600-SL-Coupé sprach für sich selbst.

»Jawohl, Sir«, erwiderte der Angestellte, salutierte lässig, sackte den Zehndollarschein ein und rutschte hinter das Steuer, alles in einer einzigen, fließenden Bewegung.

Der Mann betrat langsam den Runway Club, ließ den Blick durch den Raum wandern, während er Eintritt bezahlte. Der Schuppen lag zwar im Schatten des Flughafens, hatte aber seinen Namen wegen der langen t-förmigen Bühne, die das Innere in zwei Hälften teilte, nicht wegen seiner Lage.

Der Mann ging zu einem kleinen runden Tisch im hinteren Teil, ein gutes Stück vom Ende der Runway entfernt. Von dort war es schwerer, die Mädchen zu sehen – an einem frühen Dienstagabend war der Mann von Schattenteichen umgeben.

Eine blonde Kellnerin näherte sich. Sie trug einen winzigen schwarzen Stretchrock über Netzstrümpfen und Pfennigabsätzen. Eine transparente schwarze Bluse verbarg kaum ihre Brüste, als sie sich vorbeugte, um die Bestellung des Mannes entgegenzunehmen.

»Absolut on the rocks, ein Glas Wasser«, sagte der Mann ihr, ohne Blickkontakt herzustellen.

Als die Kellnerin mit zwei Gläsern auf einem kleinen Lacktablett zurückkehrte, zog der Mann ein gefaltetes Bündel Geldscheine aus der Brusttasche seines Hemdes und gab ihr einen Zwanziger. »Ein

Spieler«, dachte die Kellnerin, als sie bemerkte, wo der Mann sein Geld aufbewahrte. Sie kam mit einem Zehner und einem Einer zurück, legte die Scheine so auf den Tisch, daß ein wenig Raum zwischen ihnen war. Die Kellnerin trat einen Schritt zurück und schaute, die Hände so vor sich gefaltet, daß ihre Brüste zu einem üppigen Dekolleté zusammengedrückt wurden.

Der Mann zog die beiden Scheine weiter auseinander, sah sie diesmal direkt an – er hatte strahlende porzellanblaue Augen und Las Vegas-Bräune. Er nahm eine Goldmünze aus der Jackentasche, drehte sie in den Fingern, damit die Kellnerin beide Seiten sehen konnte – den Kopf der Queen und das Ahornblatt. Der Mann deutete auf die nebeneinander liegenden Geldscheine, die tätowierte Zielscheibe auf seinem Handrücken war deutlich zu sehen.

»Wie steht's mit Ihrem Glück?« fragte er.

»Probieren wir's aus«, lächelte die Kellnerin.

Der Mann schnippte die Münze mit dem Daumen. Während sie sich noch träge in der rauchigblauen Luft des Clubs drehte, rief die Kellnerin: »Zahl!«

Der Mann fing die Münze mit der einen Hand auf und schlug sie auf das andere Handgelenk. Er zog die Hand weg, zeigte der Kellnerin das Ahornblatt.

»Sie sind ein Gewinnertyp«, sagte er.

Die Kellnerin beugte sich vor, klaubte den Zehner mit spitzen Fingern vom Tisch, warf dem Mann eine Kußhand zu und wiegte sich in den Hüften, als sie mit einem Abschiedswinken verschwand.

2 Ungerührt betrachtete der Mann die Tänzerinnen auf der Runway, reagierte nicht weiter, als eine nach der anderen herunterkam und an verschiedenen Orten des Raumes weitertanzte. Andere Männer stopften Geldscheine unter Strumpfbänder oder Tangas und applaudierten, als die Mädchen auf den Tischen tanzten. Hin und wieder setzte sich eine der Tänzerinnen einem Gast auf den Schoß, doch der Mann ignorierte alle diese Angebote, nippte an seinem Drink und schaute ruhig zu.

Auch die Kellnerin schaute. Musterte den locker geschnittenen schwarzen Seidenanzug, den Diamanten, der an seinem linken Ringfinger funkelte, die extrem flache, goldene Armbanduhr. Sie kam noch zweimal an seinen Tisch, entschied sich beide Male dafür, ihr Trinkgeld zu riskieren, und gewann jedesmal.

»Zahl hat mir schon immer Glück gebracht«, sagte sie mit keß herausgerückter Hüfte zu dem Mann, »aber Kopf mag ich auch.«

»Ach ja?« fragte der Mann.

»Sehr«, sagte sie und leckte sich die Lippen.

»Sie sind ein smartes Mädchen«, sagte der Mann. »Sie halten die Augen offen, nicht wahr?«

»Wenn ich soll«, sagte sie, die Augen auf die Goldkette um den Hals des Mannes gerichtet, knapp sichtbar unter dem offenen Kragen seines weißen Seidenhemds.

Der Mann griff in die Hemdtasche, zog, ohne hinzusehen, einen Schein heraus und warf ihn auf den Tisch. Ein Hunderter.

»Der gehört Ihnen«, sagte er. »Für eine kleine Gefälligkeit.«

»Schießen Sie los«, sagte sie, beugte sich vor und griff nach dem Geld.

Der Mann legte seine Hand auf ihre, die Zielscheibentätowierung fesselte ihren Blick.

»Sagen Sie Reba, sie soll rüberkommen«, sagte der Mann.

»Das hier ist nicht ihr Platz«, sagte die Kellnerin. »Ich könnte . . .«

»Sagen Sie's ihr einfach«, sagte der Mann und zog seine Hand zurück.

Die Kellnerin nahm den Schein, sagte: »Ich werde sehen, was ich tun kann«, und ging. Ihre Pfennigabsätze klackerten auf dem gefliesten Boden.

3 Die Brünette war groß, hervorragend gebaut, ihr Haar eine dichte, wilde Mähne, die über ihre nackten Schultern herabfiel. Ihre Größe wurde zusätzlich betont durch dunkle Strümpfe aus hochhackigen Pumps, oben verankert an dicken schwarzen Bändern. Ihr einziges anderes Kleidungsstück war ein schwarzer Tanga.

»Du hast nach mir verlangt, Süßer?« sagte sie.

»Ja«, erwiderte der Mann, seine Augen suchten ihr Gesicht und kamen erst zur Ruhe, als sie eine winzige Narbe direkt neben ihrem rechten Auge entdeckt hatten.

»Tja, ich hoffe, daß es sich lohnt, Baby . . . Meinen Platz zu tauschen kostet mich einen Fünfziger.«

Der Mann griff nach vorn und stopfte zwei Scheine unter ihren Strumpf. Die Brünette streckte eine Hand aus, damit der Mann ihr auf den Tisch helfen konnte. Doch statt dessen zog der Mann sie auf seinen Schoß. Die Brünette wand sich und schnurrte: »Schoßtanzen kostet . . .«

»Tu's einfach«, sagte der Mann ruhig, die rechte Hand um ihre Taille. Mit der linken Hand griff er in die Hemdtasche und warf mehrere Scheine auf den Tisch.

Die Brünette versuchte sich umzudrehen, wollte ein Bein über den Schoß des Mannes legen und ihn ansehen, aber er hielt sie mit einer Hand fest. Sie drückte den Hintern auf den Schoß des Mannes, gab dabei geübte Lustgeräusche von sich, legte den Kopf zurück und war Wange an Wange mit ihm, beide schauten nach vorn.

Als sie die Hand nach dem Geld ausstreckte, flüsterte der Mann ihr ins Ohr: »Du wolltest mich sehen?«

Überrascht setzte sie sich auf, aber die Hand des Mannes hielt sie fest. »Du hast Lucinda gesagt, du wolltest mich sehen«, wiederholte er.

Die Brünette entspannte sich, lehnte sich wieder zurück, ihr Mund dicht am Ohr des Mannes. »Bist du Cross?« fragte sie.

»Ja.«

»Ich dachte, du siehst ... ich weiß nicht ... irgendwie anders aus.«

»Sag mir, was du willst«, sagte er tonlos.

Sie verlagerte ihr Gewicht, wand sich immer noch im Takt der Musik, flüsterte: »Ich will eine Kanone. Eine kalte Kanone. Unbenutzt. Lucinda sagt, du könntest . . .«

»Wozu brauchst du sie?«

»Als beschissenen Briefbeschwerer für meinen Couchtisch, was denkst du?« zischte sie.

»Ich verkaufe keine Kanonen«, sagte der Mann. »Keine einzelne Kanone. Wenn du eine Kiste voll willst, können wir drüber reden. Nur eine, geh in die Pfandleihe.«

»Ich bezahle . . .«

»Sag mir, was du willst«, wiederholte der Mann.

»Nicht hier. Hol mich nach der Arbeit ab. Ich werde . . .«

»Wird der Boß nicht . . .?«

»Ich *habe* keinen Boß«, sagte die Brünette. »Ich miete diesen Platz. Was ich nach der Arbeit mache, ist meine Sache.«

»Wann hörst du . . .?«

»Um vier bin ich draußen.«

4

Um vier Uhr morgens stand sie auf der Zufahrt des Parkplatzes, als eine weiße Cadillac-Limousine vorfuhr. Der Fahrer stieg aus, ein rundlicher Mann mit schwarzen Haaren, ins Gesicht gekämmt. Trotz der sommerlichen Hitze trug er einen weiten, wadenlangen Mantel. Der Fahrer umrundete den Cadillac und öffnete die hintere Tür. Dann blieb er dicht vor der Frau stehen, sagte: »Mr. Cross wartet«, und deutete mit einer ausholenden, einladenden Geste auf die geöffnete Tür.

Die Brünette streckte ein langes Bein in den Wagen, sah den Mann mit der Zielscheibentätowierung auf der Hand dort sitzen und stieg ein. Die Tür schlug hinter ihr zu, und der Cadillac rollte davon.

5

»Ich muß erst noch was erledigen«, sagte Reba, »drüben an der Diversity.«

Falls Cross ungeduldig war, stand auf seinem Gesicht nichts davon.

Der Cadillac schnurrte durch die leeren Straßen, allein bis auf eine anonyme smogfarbene Limousine, die in gebührendem Abstand folgte. Ob der Fahrer sie bemerkte, war nicht zu sehen.

Als der weiße Wagen am Bordstein hielt, drehte sich Reba zu Cross um. »Kommen Sie«, sagte sie. »Sie können ruhig den Grund für das alles sehen.«

Es war ein zweigeschossiges Brownstone, dessen polierte Holztür von einem schwarzen, schmiedeeisernen Gitter bedeckt war. Reba holte einen Schlüssel heraus, schloß das Tor auf und dann die Tür. »Kommen Sie«, wiederholte sie.

Cross folgte ihr die Treppe hinauf, dachte an den Satz von Keith Gilyard, dem *Ground-zero*-Dichter von New York ... eine Treppe hinaufgehen, betont weibliche Hüften ... wie wahr, im Guten wie im Schlechten. Bei der Brünetten war es nur gut.

Im obersten Stock schloß sie mit einem anderen Schlüssel auf. Eine dralle Frau mit kurzgeschnittenem, braunem Haar saß auf einem Trainingsfahrrad und stieg kräftig in die Pedale. Sie schaute zum Eingang, keuchte eine unverständliche Begrüßung und wandte sich wieder ihrer lautlosen Arbeit zu. Reba lächelte sie an, ging an dem Trainingsrad vorbei einen Gang hinunter, Cross dicht hinter ihr.

Sie öffnete die Tür zu einem kleinen Schlafzimmer. Die Wände waren zartrosa, überall saßen Puppen und Stofftiere, an einer Wand ein riesiges Poster von einem schmalen, androgynen Wesen mit einer Gitarre. Ein blondes Mädchen schlief im schmalen Bett, bis zu den Schultern von einer Bettdecke zugedeckt. Ihr Gesicht, kindlich im Schlaf, war das eines Mädchens irgendwo im Grenzbereich zur Pubertät. Reba beugte sich aus der Taille heraus vor, strich dem Mädchen zärtlich das weiche Haar aus der Stirn und gab ihr einen Kuß auf die Wange. Dann richtete sie sich auf, schaute sich kurz in dem kleinen Zimmer um, wie um sich selbst zu beruhigen, drehte sich auf einem Pfennigabsatz herum und ging zurück in das vordere Zimmer.

Die dralle Frau saß auf einer Futoncouch und trank eine grünliche Flüssigkeit aus einem hohen Glas.

»Du hast ihr doch nicht wieder erlaubt, dieses verfluchte MTV zu sehen, Anna, oder?«

»Vorher hat sie alle Hausaufgaben gemacht«, antwortete die dralle Frau. »Und auch ihr Yoga.«

»Ich hab dir doch gesagt . . .«

»Komm schon, Reba«, fiel ihr die dralle Frau ins Wort. »Wir haben eine Abmachung. Du kannst sie nicht daran hindern, älter zu werden.«

»Ich kann sie daran hindern, so aufzuwachsen wie ich«, erwiderte die Brünette.

»Dein Problem war nicht MTV«, sagte das dralle Mädchen, in ihrer Stimme lag ein gemeinsames Geheimnis.

»Okay, okay«, kapitulierte Reba. »Du bringst sie nach der Schule vorbei, ja?«

»Sie hat Gymnastikunterricht, erinnerst du dich? Wie wär's, wenn du vorbeikommst und zuschaust, danach bringst du sie selbst nach Hause.«

»Abgemacht«, sagte Reba und lächelte.

6

»Das ist mein Engel«, sagte sie auf dem Rücksitz zu Cross.

»Sie sieht auch aus wie . . .«

»Das ist ihr *Name*«, sagte Reba scharf. »Angel. Wenn Sie wissen wollen, was sie ist . . . sie ist mein Leben. Mein ganzes Leben.«

Während der kurzen Fahrt zu ihrer Wohnung war die Frau still. Wieder folgte Cross ihr, diesmal durch die Lobby mit einem halb schlafenden Portier, dann mit einem Fahrstuhl rauf bis in den zwanzigsten Stock.

Die Wohnung verfügte über zwei Schlafzimmer, einen Balkon und aus dem Wohnzimmer einen Blick über den See. »Machen Sie's sich bequem«, sagte sie über die Schulter, während sie über den mit Teppichboden ausgelegten Flur davonging. »Ich bin gleich wieder da.«

Cross zog ein flaches Handy aus der Jacke und tippte eine Nummer ein.

»Irgendwas?« fragte er die Person am anderen Ende der Leitung. Bei der Antwort nickte er stumm und schob das Telefon wieder unter die Jacke.

Einen Augenblick schaute sich Cross im Wohnzimmer um. Schließlich zuckte er mit den Achseln und steckte sich eine Zigarette an. Er war bei seinem zweiten Zug, als Reba barfuß und in einem dicken, weißen Frotteebademantel hereinkam. Die Haare hatte sie zurückgebunden, das Gesicht frisch gewaschen.

»Hier wird nicht geraucht«, sagte sie. »Gehen Sie damit raus.« Sie deutete auf den Balkon.

Cross öffnete die Glasschiebetür, trat auf den Balkon hinaus, legte die Hände aufs Geländer und schaute nach unten.

»Tut mir leid«, sagte Reba hinter ihm. »Wo ich arbeite, raucht jeder. Wenn ich nach Hause komme, muß ich den Geruch buchstäblich aus den Haaren schrubben. Früher habe ich selbst geraucht, aber Angel ist ausgerastet ... wegen Krebs und so. Also habe ich ihr versprochen aufzuhören. Deswegen erlaube ich es nicht in der Wohnung – das Mädchen hat eine Nase wie ein Bluthund.«

»Ist in Ordnung«, erwiderte er und nahm einen weiteren Zug.

»Wie soll ich Sie nennen?« fragte die Brünette, stand jetzt an seiner Schulter.

»Cross.«

»Ich heiße Reba. Aber das wissen Sie ja wohl.«

»Ja.«

»Das, worum ich Sie gebeten habe ... Ich dachte,

wenn Sie den Grund dafür verstehen, dann überlegen Sie es sich vielleicht nochmal.«

»Das Kind ist der Grund?«

»Ja.«

»Wird sie Sie im Loch besuchen?«

»Oh, ich würde nie zulassen, daß sie dorthin kommt. Warum . . .?«

»Nicht das Loch, wo Sie arbeiten. Ich meine das Gefängnis. Den Knast. Wenn Sie eine kalte Kanone wollen, dann wollen Sie jemanden umlegen. Wenn Sie nicht genau wissen, was Sie tun, landen Sie im Knast.«

»Was kümmert's Sie?«

»Es läuft doch so: Sie werden eingelocht, der Bulle bietet Ihnen ein Geschäft an. Wer hat dir die Kanone verkauft, Mädchen? So was in der Art.«

»Und Sie glauben, ich würde es denen sagen?«

»Klar. Wenn das ein paar Jahre weniger bedeutet, ein paar Jahre, die Sie früher bei Ihrem Kind sein können, warum nicht?«

»Aber wenn ich Sie . . . engagieren würde, damit Sie sich . . . um dieses Problem kümmern, warum sollte es dann nicht genauso laufen?«

»Ich werde nicht geschnappt«, sagte der Mann namens Cross.

7

»Angel ist elf.« Reba saß am Küchentisch, hatte eine Tasse Kaffee in der Hand. »Ich war siebzehn, als ich sie bekommen habe. Der Junge, der mich geschwängert hat, ist abgehauen. In die Army gegangen oder was weiß ich. Ich habe nie wieder von ihm gehört.«

Cross beobachtete ihre Augen, sagte nichts, wartete, wie ein Stein wartet.

»Ich war im letzten Jahr der High-School«, sagte

sie. »Und ein National-Merit-Stipendiat, schon auf dem College angenommen. Eine Abtreibung wollte ich nicht. Die haben mich in eine Mädchenwohngemeinschaft gesteckt. Es war der Himmel. Als das Ergebnis des Bluttests kam, war ich so glücklich, daß ich tagelang geweint habe. Wissen Sie, warum?«

»Weil es nicht das Baby Ihres Vaters war?«

Zwei rote Flecken blühten auf den bleichen Wangen der Frau. »Woher . . .?«

»Von dem, was Sie und diese junge Frau in der Wohnung zueinander gesagt haben. Von dem, was Sie bereit sind, zu tun, um das Kind zu schützen.«

»Sie . . . Lucinda hat gesagt, Sie kennen sich aus.«

»Was zählt, ist, ich *erledige* Dinge«, sagte er. »Wenn Sie das Geld haben, kann ich das für Sie erledigen.«

»Sie wissen doch nicht mal, was *das* ist.«

»Dann sagen Sie's mir.«

»Als ich aus der Wohngemeinschaft rauskam, habe ich versucht, zu arbeiten. Habe Hamburger gebraten, gekellnert, in einem 7-Eleven gejobbt. Ich konnte Angel von den verfluchten Fürsorgeleuten fernhalten, aber ich konnte ihr nicht die Dinge geben, die ich . . .

Jedenfalls, ich hab's auch als Nutte versucht. Bei einem Escortservice«, sagte sie und sah Cross in die Augen. Er erwiderte ihren Blick, blinzelte nicht.

»Das Geld war in Ordnung. Wirklich gut. Wir sind in eine bessere Wohnung gezogen, ich konnte den Gymnastikunterricht bezahlen, ihr einen tollen Babysitter besorgen. Aber es wurde zu häßlich. Schmiergeld für die Bullen, dauernd versuchten Zuhälter, sich ein Stück vom Kuchen abzuschneiden. Freaks, die die Mädchen verletzen wollen. Dann Aids. Und so bin ich Tänzerin geworden.

Alles in allem eine ziemlich saubere Sache. Man mietet Platz vom Besitzer des Lokals, bezahlt den Friseur und das Mädchen fürs Schminken. Man muß den Gästen keine Drinks aufschwatzen ... die Mädchen, die das machen, kommen auch gut zurecht. Es gibt keinen Sex. Es sei denn, man verabredet sich für nach der Arbeit. Man tanzt auf den Tischen, wackelt vielleicht ein bißchen auf ihrem Schoß herum. Verstehen Sie ...?«

»Als Kinder haben wir das Trockenficken genannt.«

Sie lächelte breit. »Ja, aber heute nennt man's *safe sex.* Ein paar von den Mädchen legen ab und zu noch Hand an, aber das ist's dann auch schon. Jedenfalls, ich kann das nicht bis in alle Ewigkeit machen. Ich habe mir Implantate einsetzen lassen«, sagte sie und wedelte mit einer Hand über ihre Brüste. »Das gehört dazu. Und ich trainiere wie der Teufel. Aber früher oder später wird man zu alt. Ich habe Geld zurückgelegt, lebe bescheiden, verstehen Sie? Noch ein, zwei Jahre, und ich mach meinen eigenen kleinen Laden auf.«

»Eine Bar?«

»Gott bewahre. Nein, eine Konditorei. Da bin ich wirklich gut. Hab ich mir selbst beigebracht. Hier, warten Sie einen Moment ...«

Sie stand auf und ging zum Kühlschrank, einem großen, weiß schimmernden Einbaumodell. Sie griff hinein, holte ein kleines Tablett mit winzigen Törtchen heraus, stellte es auf den Tisch.

»Versuchen Sie die mit Zitrone. Die sind gut, sogar kalt.«

Cross nahm das Gebäck, auf das sie zeigte, kaute nachdenklich. »Das *ist* gut.«

»Tun Sie nicht so überrascht. Ich backe wahnsinnig gern kleine Leckereien. Ich weiß, daß ich mir damit meinen Lebensunterhalt verdienen kann. Anna wird mir helfen, ein Existenzgründungsdarlehen zu bekommen, und ich kenne auch schon das Viertel, in dem ich mein Geschäft aufmachen möchte.«

»Wenn Sie einen Geldgeber suchen, lassen Sie es mich wissen«, sagte Cross, verputzte den letzten Bissen des Törtchens und griff nach dem nächsten.

Reba lächelte wieder. Dann sanken die Winkel ihres üppigen Mundes. »Alles war bestens. Bis ... er auftauchte.«

»Er?«

»Wieskoft. Robert James Wieskoft. R.J. nennen ihn seine Freunde. Er ist Trainer für Bodenturnen. Ein erstklassiger Mann. Er hat drei Olympiateilnehmer trainiert. Ich habe seine Referenzen überprüft, bevor ich ihn mit Angel arbeiten ließ. Sämtliche Organisationen sagten, er sei toll.«

»Und?«

»Am Anfang war alles bestens. Er hat wirklich hingebungsvoll mit ihr gearbeitet. Hat Überstunden gemacht, ohne mehr Geld zu verlangen. Hat sie auf Video aufgenommen, um ihre Bewegungen in Zeitlupe zu analysieren. Sie hat ihn auch wirklich gemocht. Aber dann wurde er komisch ...«

»Wie?«

»Oh, er hat ihr Geschenke gemacht. Zuerst war es ein besonders schönes Trikot. Oder Knöchelgewichte. Aber dann waren es Blumen. Und Süßigkeiten. Aufmerksamkeiten, die man einer Frau schickt, mit der man ausgehen will. Und er hat ihr auch Briefe geschrieben. Daß sie immer zusammen sein würden. Daß sie alles tun müßte, was er sagt, wenn sie wirklich die Beste werden wollte. Als er zu mir gesagt hat, daß sie die Schule abbrechen und ganztägig mit ihm arbeiten sollte ... er würde ihr einen Privatlehrer besorgen und alles ... da habe ich ihn gefeuert.«

»Dann hat er Sie bedroht?«

»Bedroht? Nein, das hat er nicht getan. Er hat dagegen gekämpft. Gesagt, er würde die Kinderschutzstelle verständigen, ich würde Angel mißbrauchen. Da habe ich ihm klargemacht, wenn er das tut, bringe ich ihn um.«

»Und, hat er es getan?«

»Nein. Statt dessen scharwenzelt er hinter ihr her. Jeden Tag ist er draußen und beobachtet sie. Hat immer seine verfluchte Videokamera dabei, als würde er sie auf Band einfangen. Ruft dauernd an, schickt Angel Briefchen. Dann hat er ...« Die Brünette vergrub das Gesicht in den Händen und weinte.

Cross schaute zu, rührte sich nicht. Wartete. Schließlich hörte sie auf. Als sie das Gesicht hob, war es tränenverschmiert, aber ihre Augen waren hart.

»Er hat eine Eingabe beim Familiengericht gemacht. Hat behauptet, ich würde Angel mißbrauchen. Daß ich sie *schlage*, können Sie sich so was vorstellen? Und er hat den Antrag gestellt, ihr Pflegevater zu werden. Das Gericht, die haben gesagt, ich soll mir deswegen keine Gedanken machen ... er sei nur ein Spinner. Er kann nicht selbst beantragen, ihr Pflegevater zu werden. Ich habe sie *gebeten*, herzukommen und sich umzuschauen. Sie sollen ins Haus kommen, mit meiner Tochter reden, mit ihrer Kinderärztin sprechen, ihren Lehrern ... *alles*. Aber sie haben gesagt, das würden sie nicht tun, weil sie, als er versucht hat, Angels Pflegevater zu werden, schon begriffen hätten, worauf er hinauswollte. Er will mein Kind, Cross. Und er wird keine Ruhe geben.«

»Haben Sie das den Cops erzählt?«

»Klar. Wahnsinnig viel hat das genützt. Oh, der Detective war ganz nett. Als er sich lange genug davon losreißen konnte, mir auf den Busen zu glotzen, hat er gesagt, daß R.J. gegen keine Gesetze verstoßen hat. Es ist nicht verboten, hinzugehen, wohin er geht ... besonders die Turnhalle ... er hat ein Recht, dort zu sein. Wir leben in einem freien Land. Als der Detective herausgefunden hatte, wo ich arbeite, hat er gemeint, er könnte vielleicht mal mit ihm reden ... aber mir war schon klar, was er dafür als Gegenleistung wollte, und ich habe ihm gesagt, er soll abhauen und mit sich selbst spielen.«

»Gut gemacht.«

»Ist mir egal. Ich bin kein Stück Fleisch. Ich war wirklich wütend, und habe mich über diesen Detective beschwert. Es hieß, ich solle mit diesem anderen Cop reden. McNamara. Der war richtig lieb und nett. Hat mir alles erklärt. Er hat mich auch nicht angemacht ... Ich habe ihm angesehen, daß ihn die Sache beschäftigt, aber er konnte nichts tun.«

»Dann war es also nicht Lucinda, die Ihnen meinen Namen gegeben hat, stimmt's?«

»Nein«, erwiderte sie mit gesenktem Blick.

»Und Sie wollen auch eigentlich keine Kanone kaufen – Sie suchen einen Killer.«

»Ich kann bezahlen ...«

»Ich mache keine Auftragsmorde«, sagte Cross. »McNamara hätte Ihnen das auch gesagt.«

»Er hat gesagt ... Sie könnten vielleicht ... die Dinge in Ordnung bringen.«

»Manche Dinge. Ich arbeite gegen Bezahlung.«

»Ich weiß. Ich auch, oder? Ich will . . .«

»Daß dieser Wieskoft verschwindet. *Wohin* er geht, ist Ihnen gleichgültig, das spielt für Sie keine Rolle.«

»Garantieren Sie . . .?«

»Garantien sind teuer.«

»Ist Ihnen denn egal, was er meiner Angel antut . . . vollkommen egal?«

»Wenn ich es schaffe, daß dieser Bursche verschwindet . . .wenn er sich dann ein anderes kleines Mädchen krallte und dafür Angel in Ruhe ließe, würde *Sie* das kümmern?« fragte Cross.

Die Brünette holte tief Luft, fuhr sich mit einem leuchtend roten Fingernagel über die Wange. »Sagen Sie mir, wieviel es kostet.«

8

Die beiden Männer in weißen Overalls mit dem Logo einer Kabelfernsehfirma auf dem Rücken verlegten anscheinend Kabel und arbeiteten gefährlich nahe an der Kante des Dachs. Äußerlich hatten sie nur die Uniformen gemeinsam – für einen entfernten Beobachter war der eine auffallend klein und ansonsten unauffällig, während der andere fett aussah und eine so starke Brille trug, daß die Gläser wie kleine Ferngläser wirkten. Beide Männer arbeiteten mit geübten Bewegungen, waren für jeden Zuschauer durch und durch Profis.

»Hast du ihn, Rhino?« fragte der kleine Mann.

Der andere Mann grunzte bestätigend. Sein riesiger, formloser Körper wog über 350 Pfund. In dem wallenden weißen Overall wirkte Cross trotz seiner normalen Statur und Größe neben ihm wie ein Zwerg. Rhino deutete mit seiner riesigen Hand auf einen schmalen, geschmeidigen Mann, der gegenüber von Rebas Wohnblock auf der anderen Straßenseite stand – die Spitze seines rechten Zeigefingers fehlte, der narbenlose Stumpf war so glatt wie ein Zigarrenröhrchen aus Aluminium und etwa genauso groß.

Cross zog das Handy aus der Tasche, tippte eine einzelne Zahl ein. »Einige von uns werden in der Nähe sein, wenn Sie zum Gymnastikkurs fahren«, sagte er. »Könnte sein, daß was passiert. Es hat nichts mit Ihnen zu tun – benehmen Sie sich wie immer.«

Cross unterbrach die Verbindung, tippte eine weitere Nummer ein, wartete einige Sekunden, gab dann Rhino das Telefon. Der Koloß von einem Mann nahm es behutsam und sprach mit hoher, piepsiger Stimme.

»Groß. Einsachtundachtzig, vielleicht einsneunzig. Dünn, etwa hundertvierzig, hundertfünzig Pfund. Dunkles, borstiges Haar, glatt zurückgekämmt. Von Kopf bis Fuß in Schwarz gekleidet, einschließlich der Schuhe. Goldene Uhr am linken Handgelenk, hat eine Videokamera dabei. Fährt einen dunkelblauen Lincoln Town Car, Kennzeichen 4-Alpha-7-oh-9-X-R. Hast du's?«

Der Riese lauschte einen Augenblick, sagte »Ja, ja, over and out«, und gab Cross das Telefon zurück. »Princess zieht immer noch seine Einzelgängernummer ab«, sagte der dicke Mann lachend.

Cross tippte eine weitere Nummer ein, wartete, daß sich jemand meldete, sagte dann: »Los geht's. Voraussichtliche Ankunftszeit wie erwartet. Bleib ihm auf den Fersen, Bruder, okay?«

9 Falls Reba den stämmigen Mann wiedererkannte, der in der Nacht zuvor den weißen Cadillac gefahren hatte, so ließ sie es sich jedenfalls nicht anmerken. Sie würdigte ihn keines zweiten Blickes – ihre Augen waren auf den Mann neben ihm geheftet ... ein absurd übertrainierter Bodybuilder mit rasiertem Schädel, dessen mit dicken Venen überzogene Muskelpakete die Haut zu sprengen schienen. Der Bodybuilder trug ein seidenes, blaßrosa Trägerhemd und kurze weiße Stretchhosen mit einem passenden rosa Streifen an der Seite. Aber Rebas Blick löste sich keine Sekunde vom Gesicht des Mannes, bestaunte das dick aufgetragene Rouge, den dunklen Eyeliner, das Lipgloss ... und den Schmuck, der an einer langen Kette von einem Ohr baumelte ... eine winzige Abrißbirne.

»Mein Gott! Siehst du das?« flüsterte sie Anna zu.

»Ich seh's, aber ich glaub's einfach nicht. Meinst du, das ist eins von diesen Sado-Maso-Dingern?«

»Keine Ahnung. Ich dachte, ich hätte alles schon zumindest mal gesehen, aber ...«

»Er ist hier, weißt du.« Anna senkte die Stimme.

»Ich weiß«, erwiderte Reba mit einem kurzen Blick zu einer entfernten Ecke, wo der große Mann in Schwarz herumstand, ein winziges Lächeln auf den schmalen Lippen. »Solange ich in der Nähe bin, wird er nichts versuchen, dieser Dreckskerl.«

»Entspann dich.« Anna tätschelte den Unterarm ihrer Freundin. »Darauf legt er's doch an, daß du eine Szene machst. Hast du mit diesem Mann gesprochen? Der ...«

»Das war er. Letzte Nacht.«

»Der Typ? Er hat nicht besonders ausgesehen.«

»Das ist kein Schönheitswettbewerb, meine liebe Freundin.«

Die Jugendlichen kamen einer nach dem anderen zu ihren Bodenübungen heraus, meist von Musik begleiteter Akrobatik.

Während der stämmige Mann mit seiner Umgebung verschmolz, schien der Bodybuilder sich noch mehr aufzublasen, machte die Bewegungen nach, rief den Kindern aufmunternde Worte zu, veranstaltete so viel Theater, daß er bald viel Platz um sich hatte und Zuschauer, mißbilligend mit der Zunge schmalzend, zurückwichen. Der Mann in Schwarz bewegte sich nicht, nur seine Augen waren belebt.

»Das war Roscoe Holmes!« verkündete der Ansager über das Mikrophon, als ein etwa zwölfjähriger Junge mit karamelfarbener Haut sich zum Abschluß seiner Übung tief verbeugte. »Jetzt kommt Angel Andrews!«

Das Mädchen sprang auf die Matte, verbeugte sich kurz vor dem Publikum, winkte fröhlich ihrer Mutter, stürmte auf die gegenüberliegende Ecke zu und machte einen anderthalbfachen Salto, bevor sie elegant wieder auf den Füßen landete.

»Weiter so, Schätzchen!« rief Anna.

Während das Kind seine Übung fortsetzte, löste sich der Mann in Schwarz von der Wand, machte seine Videokamera bereit, kam näher. Der Bodybuilder folgte ihm wie eine wärmesuchende Rakete, bahnte sich rücksichtslos seinen Weg durch die Menge. Hinter der Schulter des Mannes in Schwarz angekommen, sprach ihn der Bodybuilder mit übertrieben begeisterter, dröhnender Stimme an.

»He! Ist das eine von diesen Minikameras? Verdammt, das macht hundert Pro Spaß.«

Der Mann in Schwarz warf einen Blick über die

Schulter, zuckte zusammen, machte schnell einen Schritt nach links und rempelte dabei den stämmigen Mann an, der sich stumm dort postiert hatte.

»Bitte«, sagte der Mann in Schwarz. »Sie ist fast fertig. Ich muß . . .«

»Kann ich mal sehen?« fragte der Bodybuilder und griff nach der Kamera.

Der Mann in Schwarz riß sie zurück, aber er war zu langsam. Die Hand des Bodybuilders legte sich um den Bizeps des Mannes und drückte wie ein Schraubstock zu. Die Videokamera glitt ihm aus der Hand, und der Bodybuilder fing sie auf, hielt sie sich ans Auge. Bevor der Mann in Schwarz reagieren konnte, richtete der Bodybuilder die Kamera auf sein entsetztes Gesicht und drückte auf Aufnahme.

»Das können Sie nicht machen!« protestierte der Mann in Schwarz. »Geben Sie sie mir zurück!«

»Ach, beruhig dich, Mary«, sagte der Bodybuilder, hielt weiter drauf und filmte.

Die Aufmerksamkeit der Menge wurde von der Turnmatte abgelenkt, doch die Kleine schien nichts zu bemerken, setzte mit geübter, selbstsicherer Präzision ihre Übung fort.

»Geben Sie sie mir wieder! Geben Sie sie mir sofort wieder!« Der Mann in Schwarz schrie.

Der stämmige Mann trat vor. »Ich möchte mich für meinen Freund entschuldigen«, sagte er sanft. »Er ist nur so . . . leicht erregbar, verstehen Sie? Wissen Sie was, wir bezahlen Ihnen das Band, das er verdorben hat, okay? Gib mir die Kamera, Princess.«

Verlegen gab ihm der Bodybuilder die Kamera. Routiniert holte der stämmige Mann die Cassette heraus und übergab dem Mann in Schwarz die Kamera zusammen mit einem Fünfzigdollarschein.

»Behalten Sie den Rest für Ihre Unannehmlichkeiten, Kollege, okay?« sagte er.

Der Mann in Schwarz wurde erst rot, dann blaß. Er schnappte sich die Kamera und verließ mit steifen Schritten die Turnhalle.

Der stämmige Mann steckte die Cassette ein und drehte sich zu dem Bodybuilder um. »Cross sagt, er braucht eine Stunde – Ace hat sich um den Wagen von diesem Freak gekümmert, nur für alle Fälle.«

»Können wir uns den Rest der Übungen noch ansehen?« fragte der Bodybuilder. »Bitte, Buddha!«

»In Ordnung, Princess. Aber halt dich zurück ...«

10

Der Mann in Schwarz stolzierte wütend auf den Schulparkplatz hinaus, hielt die Videokamera krampfhaft umklammert, murmelte einen Schwall Obszönitäten. Als er seinen blauen Lincoln auf vier platten Reifen sah, blieb er wie angewurzelt stehen. Er nahm die Wagenschlüssel aus der Jackentasche, öffnete mit der Fernbedienung die Türverriegelung, riß das Autotelefon aus der Halterung und wollte gerade wählen, als ein ziviler Polizeiwagen neben ihm hielt. Ein rotblonder Mann mit Schnäuzer stieg aus der Limousine und näherte sich erheblich schneller dem Lincoln, als sein Gang hätte vermuten lassen. Der Rotblonde beugte sich zur heruntergelassenen Seitenscheibe herein.

»Detective McNamara, Sir. Ich habe den Zustand Ihres Fahrzeugs bemerkt ... Irgendwelche Schwierigkeiten?«

»Schwierigkeiten? Ja, allerdings habe ich Schwierigkeiten, Officer. Ich weiß, wer das hier gemacht hat. Sie heißt Reba, Reba Andrews. Ich habe früher ihre Tochter trainiert – ich bin Gymnastiklehrer ...

vielleicht haben Sie schon von mir gehört? R.J. Wieskoft?«

»Nein, Sir, tut mir leid. Ich interessiere mich nicht besonders für diesen Sport. Wie kommen Sie darauf, daß Mrs. Andrews dafür verantwortlich ist?«

»Also, wer sonst könnte es gewesen sein? Ich meine ... Sie hat mich ja sogar mal bedroht.«

»*Sie* bedroht, Sir?«

»Ja, das habe ich doch gerade gesagt – sind Sie schwerhörig?«

»Ich glaube nicht, Sir«, sagte McNamara. »Wenn Sie bitte einfach ruhig bleiben könnten, ich bin sicher, daß wir dann ...«

»Ruhig? Warum soll ich ruhig bleiben – schließlich bin ich derjenige, der belästigt wird.«

»Jawohl, Sir. Natürlich. Aber ohne Beweise ...«

»Vergessen Sie's«, schnauzte der Mann in Schwarz und griff wieder nach seinem Autotelefon. »Ich rufe einfach meine Werkstatt an. Wenn sich dieses Miststück einbildet, sie könnte ...«

Er war so mit seinem Zorn beschäftigt, daß er gar nicht bemerkte, wie McNamara vom Parkplatz rollte.

11

»Das Schloß war ein Kinderspiel.« Der feingliedrige Schwarze mit den zarten Gesichtszügen sprach aus einem Ledersessel. Er sah so entspannt und locker aus wie ein Mann, der in seiner Wohnung faulenzt, wäre da nicht die abgesägte Schrotflinte gewesen, die er auf den Knien balancierte. »Wer immer dieser Freak ist, ein Knaller ist er jedenfalls nicht, Alter.«

»Wir werden sehen«, sagte Cross über die Schulter, während er mit einem Satz Dietrichen an einem grauen Metallaktenschrank hantierte, der das

Apartment beherrschte. »Ich hab's«, sagte er schließlich.

Seine behandschuhte Hand ging einen Stapel Papiere durch, arbeitete schnell, aber sicher – einfach ein weiterer Tag im Büro für einen professionellen Einbrecher.

Die Zeit verging. Der Schwarze warf einen Blick auf die Uhr, doch Cross schaute keine Sekunde von der Arbeit hoch. »Zwanzig Minuten«, sagte der Schwarze.

»Scheiße!«

»Was'n los, Alter? Zwanzig sind viel für das, was wir vorhaben.«

»Sieh dir das an, Ace«, sagte Cross und gab ihm ein ledergebundenes Buch, so groß wie ein Terminkalender.

Der Mann namens Ace schlug das Buch auf. Auch seine Hände steckten in schwarzen Lederhandschuhen. Jede Seite war sorgfältig mit schmaler Blockschrift beschrieben.

MASSE – STUNDENPLAN – KINDERMÄDCHEN – ZWEIERTREFFEN – ARZTTERMINE ... jede Seite war eine ausführliche Datensammlung zu Angel Andrews. Der hintere Teil des Buchs enthielt Fotos, manche gestellt, einige Schnappschüsse. Eine Fotokopie der Geburtsurkunde des Mädchens (das Feld »Vater« war leer). Kopien von Zeugnissen, der Impfpaß. Jeder Augenblick war dokumentiert: Wieskoft wußte, wann sie zur Kontrolluntersuchung zum Zahnarzt mußte, wann ihr nächstes Zeugnis fällig war, wann sie beim Babysitter abgesetzt wurde ...

»Der Wichser arbeitet rund um die Uhr und sieben Tage die Woche an der Sache«, sagte Ace. »Ich kenne Luden, die wissen nicht halb soviel über ihre Pferdchen.«

»Da steckt mehr dahinter«, sagte Cross. »Der Mann hat einen Plan.« Er hielt lederne Handschellen in einer Hand, wühlte mit der anderen in einer Schublade voller Fesselutensilien: eine lederne S/M-Maske, verschieden lange Ketten, Hundehalsbänder, Knebel.

Cross stand auf, öffnete den einzigen Wandschrank. Darin fand er ein hölzernes Joch, das jemanden in einer unglaublich unbequemen Position fixieren sollte und an beiden Enden Lederschlaufen für die Hände des Opfers hatte. In einer Ecke des Schranks lagen eine Schreckschußpistole, mehrere Dosen Tränengas und ein Viehknüppel.

Sorgfältig legte er alles wieder exakt so hin, wie er es gefunden hatte, dann ging er zu einem Computer, der auf einem kleinen Schreibtisch stand. Er nahm die Schutzhülle herunter, schaltete ihn ein.

»Nicht mal ein Paßwort«, brummte er und rief ein Verzeichnis der Dokumente auf. Mit dem Cursor fuhr er die Liste ab . . . vorbei an STEUERN, vorbei an IMMOBILIEN. Als er zu MEIN SKLAVE kam, drückte er die entsprechenden Tasten und holte das Dokument auf den Bildschirm.

> *Du wirst lernen, mir zu gehorchen. Du wirst wahres Glück finden durch Gehorsam. Wir sind füreinander bestimmt, du, um mir zu dienen. Für immer. Der Schmerz wird eine Lernerfahrung sein. Der Weg zur Befreiung. Deiner Freiheit. Das Programm wird etwa ein Jahr dauern. Dann kann ich dir etwas Freiheit zugestehen. Wenn man dir vertrauen kann. Ich . . .*

Cross schloß das Dokument, fuhr zurück zu Immobilien, studierte einige Minuten den Bildschirm, nickte bedächtig. »Hat sich schon jemand gemeldet?« fragte er Ace über die Schulter.

»Nein, Mann. Und das würde mich auch wundern, ehrlich gesagt. Wenn dieser Monster-Mutant erst mal anfängt, Junior-G-Man zu spielen, kann man ihm das Maul nicht mehr stopfen.«

»Das ist es!«

»Was, Alter?«

»Du hast gerade das Problem gelöst, Ace. Die Sache ist geritzt. Laß uns schnell verschwinden.«

12

»Er wird die Kleine entführen«, sagte Cross seiner Crew. Sie waren im Keller des Red 71 Billardsaals, so weit von neugierigen Blicken entfernt, als wären sie auf einem anderen Planeten.

»Lösegeld?« fragte Rhino.

»Nein«, sagte Cross. »Folter. Er hat alles vorbereitet. Erst schnappt er sich das Mädchen, wahrscheinlich benutzt er eine Schreckschußpistole, wenn er sie einkassiert. Er besitzt eine Blockhütte, weit draußen in der hintersten Provinz. Sie gehört ihm, keine Hypothek. Der Plan ist, sie dorthin zu bringen. Und sie dort zu *behalten*, versteht ihr? Er hat das Konditionierungsprogramm schon fertig. Wie ein Trainer. Nur daß es eher was mit Kriegsgefangenen zu tun hat. Konditionierung durch Schmerzen. Er besitzt eine ganze Bibliothek über Fesselung und Folter. Ihr wißt, wie das läuft ... diese Freaks denken alle gleich ... er wird sie abrichten, klar? Sie auf die gleiche Weise besitzen, wie er die Blockhütte besitzt. Er wartet nur auf den passenden Augenblick. Und er nähert sich rapide dem Siedepunkt.«

»Wir haben auch einen Plan, stimmt's?« sagte Rhino.

Cross schaute in die Runde. »Irgendwelche Vorschläge?« fragte er.

»Holen wir uns den Wichser und knipsen ihm das Licht aus«, schlug Ace vor.

»Ich hab's«, sagte Princess, konnte seine Begeisterung kaum bremsen. »Wie wär's damit? Ich klopfe an seine Tür, erzähl ihm, ich verkaufe High-Tech-Überwachungszeug ... Nachtsichtgeräte und so, versteht ihr? Das bringt ihn auf Touren. Er läßt mich in seine Wohnung, und ich passe den richtigen Moment ab – dann breche ich ihm den Hals wie einen beschissenen Zweig und werfe ihn aus dem Fenster. Okay? Danach schreibe ich einen Abschiedsbrief und verpiß mich. Ist das gewieft oder was?«

»Oder was«, sagte Ace säuerlich.

»Princess«, sagte Cross geduldig, »der sieht dich nur an und fängt schon an zu schreien. Also wirklich ...«

»He, das ist doch gerade das Schöne an meinem Plan – ich geh natürlich verkleidet.«

Rhino starrte an die Decke, als gebe es dort ein paar Antworten.

Buddha sagte: »Herr im Himmel.« Sehr ruhig.

Cross warf dem pummeligen Mann einen Blick zu.

»Wie wär's mit einem Verkehrsunfall?« Buddha versuchte, Princess abzulenken. »Ihr wißt schon ... Alkohol am Steuer, Fahrerflucht. Ich könnte ihn fertigmachen, sobald es dunkel ist.«

»Und wer bezahlt uns?« fragte Cross.

»Keine Ahnung«, erwiderte Rhino. »Ich dachte, die Frau ...«

»Ja, zum Teil ... aber ich finde, wir sollten auf beiden Seiten abkassieren, damit wir richtig auf unsere Kosten kommen«, sagte Cross. »Ich hab eine Idee. Okay, ihr Jungs habt alle noch ein klares Bild von ihm im Kopf, oder? Schaut euch nochmal das Video an, das Princess gemacht hat, falls ihr eine Auffrischung braucht. Hängt euch an ihn wie Kletten ... Ich weiß nicht, wann er explodiert, aber es kann nicht mehr lange dauern.«

13

Das weiße Telefon summte. Wieskoft schaute von seinem Computer auf, war überrascht – die Nummer stand in keinem Telefonbuch –, er benutzte den Anschluß nur für Gespräche nach draußen – Essen bestellen und 900er-Nummern. Seine Lieblingsnummer war 1-900-LOLITAS.

Vorsichtig griff er nach dem Hörer.

»Hallo ...?«

»Guten Abend, Sir«, meldete sich eine helle, deutliche Stimme. »Mein Name ist Morgan ... Ich arbeite in der privaten Zustellungsbranche. Ich dachte, wir könnten uns mal treffen und vielleicht über meine Angebote reden.«

»Ich will nichts geliefert bekommen. Wer hat Ihnen meine ...«

»Aber natürlich wollen Sie eine Lieferung, Kumpel. Eine lebende, wenn Sie wissen, was ich meine. Meine Preise sind reell, und ich garantiere, daß ich das Päckchen direkt bis zu Ihrer Haustür bringe ... oder an jeden anderen Ort Ihrer Wahl. Vergessen Sie nicht, das ist eine Garantie. Und ohne jedes Risiko für Sie.«

»Lassen Sie mich in Ruhe!« schrie Wieskoft und knallte den Hörer auf.

14

Cross schlenderte von der Telefonzelle fort und rutschte auf den Beifahrersitz des haigrauen Wagens. Buddha fuhr los, ließ das Auto im dichten Stadtverkehr verschwinden.

»Das dürfte ihm ordentlich Dampf machen. Wir haben ihm auch eine Kopie des Videos geschickt, das Princess gemacht hat. Vielleicht legt er los, bevor er soweit ist – dann haben wir leichtes Spiel.«

»Was ist, wenn er einfach stillhält? Welchen anderen Plan haben wir?«

»Hast du noch Kontakt zu dieser Rechercheurin? Cheryl?«

»Klar«, erwiderte Buddha. »Was brauchst du?«

»Sag ihr, alles, was sie über die Tochter des Präsidenten rauskriegen kann. Wie heißt die noch gleich, Chelsea oder so?«

»Ja, stimmt. Was willst du von diesem drückebergerischen Wiesel?«

»Was spielt das für eine Rolle, Bruder?«

»He, komm schon, Cross. Wir waren beide in Nam – was hältst du von Typen, die sich davor gedrückt haben?«

»Ich wünschte, *ich* hätt's auch getan«, sagte Cross und schaute aus dem Fenster.

15

Zwei Tage später klingelte im Keller von Red 71 das Handy. Cross schaute von einem Stapel Zeitungsausschnitten hoch, die auf einer über zwei Sägeböcke gelegten Tür ausgebreitet waren, seinem Schreibtisch.

»Was gibt's?«

»Er ist in einem Mietwagen, der auf der anderen Straßenseite parkt.« Rhinos Stimme, noch piepsiger als gewöhnlich, zu einem Flüsterton gedämpft.

»Du bist an ihm dran?«

»Wie eine Klette. Wenn er es heute versucht, ist er erledigt.«

»Bleib dran«, sagte Cross und brach die Verbindung ab.

»Was ist mit all dem Zeugs hier?« fragte Princess und deutete auf die Zeitungsausschnitte.

»Wir basteln eine Bombe«, antwortete Cross. »Sagst du bitte Ace, er soll runterkommen?«

16

Die Hände des Schwarzen paßten zu seinen feinen Gesichtszügen. Seine Finger waren lang und schmal, die Nägel waren tadellos manikürt und mit klarem Nagellack überzogen. Er saß an dem improvisierten Schreibtisch unter einer starken Lampe, arbeitete mit einem Rasiermesser, seine Hände steckten in hauchdünnen chirurgischen Handschuhen.

»Fertig«, sagte er schließlich und tupfte sorgfältig einen letzten Tropfen Kleber auf die Rückseite eines Stücks Zeitungspapier.

Cross legte das Material in einer langen Reihe nebeneinander und nickte. »Du hast ein Händchen für so was, Bruder«, sagte er anerkennend. »Das haut hin.«

17

McNamara stand in einer Ecke des Boxrings, trug eine weite Hose und kein Hemd, spezielle Boxhandschuhe an den Händen, Fußschützer, die die Sohlen frei ließen ... Ausrüstung zum Kickboxen. Sein Betreuer tauchte ein schwarzes Gummimundstück in den Eimer und wollte es McNamara in den Mund schieben, doch der Cop schüttelte ihn ab, trat einen Schritt vor und drohte mit einer Faust.

»Ich warne dich, Princess. Wenn du diesmal wieder versuchst, mir einen Kopfstoß zu verpassen, sorge ich dafür, daß dir das Herz stehenbleibt!«

Princess stand an der anderen Ecke, ohne Make-up und Ohrring. Sein grotesker Rumpf wogte sanft unter einer glänzenden Ölschicht. Er zuckte die Achseln mit einer »Wer, ich?«-Geste und grinste, während Cross ihm die Schultern massierte und auf die Glocke wartete.

»Beschissene Schwuchtel«, brummte einer der Zuschauer.

Buddha stieß den Zuschauer mit der Schulter an. »Was hast du gesagt?«

»Was geht's dich an?« erwiderte der Zuschauer herausfordernd.

»Das ist mein Bruder«, sagte Buddha mit einem häßlichen Grinsen auf seinem rundlichen Gesicht.

»Schwuchteln können nicht kämpfen«, knurrte der Zuschauer, setzte noch einen drauf.

»Hat mich noch nie abgehalten«, piepste Rhino und drückte seinen massigen Körper von der anderen Seite gegen den Zuschauer.

Der Zuschauer schaute zu Rhino hoch, beschloß schnell, daß er was Besseres zu tun hatte.

Die Glocke erklang. McNamara glitt vor wie eine wachsame Katze auf der Jagd, ein Bein schwebte etwa dreißig Zentimeter über dem Boden. Princess stellte sich vor ihn und feuerte einen blitzartigen linken Haken auf die Magengegend des kleineren Mannes ab. McNamara drehte sich in den Haken, so daß er mit dem Rücken vor Princess' Brust stand, und jagte dem Bodybuilder einen Ellbogen ins Gesicht. Princess packte McNamaras Arm und hielt ihn fest. Er beugte sich vor und flüsterte eindringlich ins Ohr des Polizisten: »Cross sagt, er braucht deinen ZI. Heute abend, um zehn.«

McNamara befreite sich aus dem Griff und drehte sich anmutig heraus. Sie sparrten drei volle Runden, Princess schien keinen einzigen seiner Schläge voll durchzuziehen ... McNamara landete Schlag um Schlag ohne erkennbare Wirkung.

Cross legte einen Mantel um seinen müden Fighter, als McNamara sich verbeugte, um den Kampf zu beenden.

18

McNamara saß um zehn an seinem Schreibtisch, als der Anruf auf seine Privatleitung kam.

»Detective Bureau, McNamara.«

»Sie wissen, wer spricht«, sagte eine gedämpfte Stimme. »Hören Sie gut zu – ich werde es nicht wiederholen, okay?«

»Schießen Sie los«, sagte McNamara und schaltete ein billiges Tonbandgerät ein, das er ans Telefon angeschlossen hatte.

»Es gibt da einen Burschen, der eine Entführung durchziehen wird. Er hat sich angepirscht und abgewartet. Das ist kein Job für Sie, McNamara, ich gebe Ihnen die Info, und Sie verständigen dann besser die *federales*, okay? Jetzt passen Sie auf ...«

Die Stimme redete einige Minuten, wurde nicht unterbrochen. Dann war die Leitung wieder tot.

McNamara saß ein paar Minuten da und starrte die von Zigarettenqualm verfärbten Dämmplatten an der Decke seines abgeteilten Büros an. Dann verließ er seinen Schreibtisch und brüllte den Gang hinunter: »He, Trikowski, hast du noch die Nummer vom Secret Service?«

19

Am nächsten Morgen stand McNamara im Amtszimmer von Richter Myron Blake und trug sein Anliegen vor.

»Euer Ehren, ich weiß, dies ist ein ungewöhnliches Vorgehen, aber . . .«

Richter Blake war ein stämmiger Schwarzer mit einem noch voluminöseren Kopf voller grau werdender Locken. Seine intelligenten Augen waren dunkel, satt schokoladenbraun und hatten einen festen Blick. »Ich weiß, ich weiß . . . Sie haben da einen zuverlässigen Informanten, richtig?«

»Er hat noch nie einen schlechten Tip geliefert, Euer Ehren. Und dieser Gentleman . . .«

»Agent Cooper, Euer Ehren«, stellte sich der schlanke Mann mit dem blonden Bürstenschnitt vor. »United States Secret Service. Uns ist bewußt, daß es sich hier um eine Bundesangelegenheit handelt, und wir sind bereit, den Haftbefehl selbst auszuführen. Aber wir haben Detective McNamara gebeten, den Antrag persönlich zu stellen, statt uns auf Schriftstücke zu verlassen . . . aus Respekt.«

»Na klar«, seufzte der Richter. »Angesichts der Tatsachen, die Sie in dieser eidesstattlichen Erklärung beschworen haben, habe ich wohl keine große Wahl«, sagte er und unterzeichnete schwungvoll die Papiere auf seinem Schreibtisch.

20

Wieskoft trat aus der Haustür, die Videokamera in der Hand. Er ging gerade an einem leuchtend bunt bemalten Lieferwagen eines Blumengeschäfts vorbei, als er eine Stimme brüllen hörte: »He, du!« Er drehte sich um, wollte sehen, was los war, und knallte gegen einen Obdachlosen, der angetrunken die Straße entlangstolperte. Er hob eine Hand, um seine Kamera zu schützen, da spürte er, wie sich ein Stahlkragen um seinen Hals legte. Wieskoft schrie vor Schmerz, als der Penner den Knopf einer Spraydose drückte und eine kleine

Wolke eines grünlichen Gases in das Gesicht des zappelnden Mannes sprühte.

Im Laderaum des Lieferwagens kam Wieskoft wieder zu sich, gefesselt, geknebelt und mit verbundenen Augen. Panische Angst trieb ihn zurück in die Bewußtlosigkeit.

21

Es wurde eine lange Fahrt. Wenn Wieskoft aus den Fenstern hätte schauen können, hätte er die Strecke wiedererkannt.

Sie trugen den vor Angst gelähmten Mann hinein. Als ihm die Augenbinde abgenommen wurde, sah er zwei Dinge: drei Männer, die rote Skimasken mit einem weißen Pentagramm auf der Stirn trugen und Handschuhe anhatten ... und daß er sich in seiner Blockhütte auf dem Land befand.

Einer von ihnen zog den Knebel ab, ein Stück Isolierband. Wieskoft kreischte vor Schmerz. Er wußte, daß kein Mensch ihn hören würde – das war Bestandteil seines eigenen Plans gewesen.

»Dein Lincoln steht draußen«, sagte einer der Männer. »Schlüssel steckt im Zündschloß. Wenn wir fertig sind, fährst du selbst nach Hause.«

»Warum haben Sie ...?«

»Halt's Maul, Wiesel«, sagte ein anderer. »Wir sind nur Soldaten und erledigen einen Job. Wir haben versprochen, daß du das Mädchen nicht mehr belästigst.«

»Welches ... Mädchen?«

»Du weißt genau, welches Mädchen. Angel. Also, wir können die Sache auf zwei Arten durchziehen, okay? Wir können dich umbringen und hier liegenlassen. Das ist keine große Sache ... wahrscheinlich wird's Monate dauern, bis irgendwer deine Leiche findet. Die andere wäre, daß du verschwindest.

Kapiert? Dich verpisst. Dich vom Acker machst. Dann würden wir immer noch bezahlt. Was sagst du dazu?«

»Ich gehe! Ich verschwinde noch heute nacht!«

»Ja, das haben wir uns schon irgendwie gedacht. Aber es gibt da ein Problem. Unser Problem ist ... was springt für uns dabei raus? Wir sind bezahlt worden, und wir stehen immer zu unserem Wort, kapiert? Das gehört zu unserer Berufsehre. Wir haben nicht versprochen, daß wir dich kalt machen, aber das ist einfacher ... du verstehst?«

»Ich habe Geld!«

»Ach ja? Okay, zwei Fragen. Wieviel? Und wo?«

»Das meiste ist in Wertpapieren. Ich könnte ...«

»Da ist das Telefon«, sagte der Mann. »Und hier ist deine Liste«, sagte ein anderer Mann, gab Wieskoft einen Ausdruck seines Wertpapierdepots.

22

Es war später Nachmittag, als Wieskofts Lincoln auf den Bordstein vor seinem Gebäude zuschoß. Er latschte auf die Bremse, sprang aus dem Wagen und rannte zur Treppe. »Vielleicht ist es noch nicht zu spät ... die Auszahlung der Devisengeschäfte stoppen, ein paar Taschen packen, Angel schnappen und abhauen ...«, murmelte er.

»Keine Bewegung!« brüllten mehrere Stimmen gleichzeitig. Wieskoft drehte sich um und sah ein Meer von Handfeuerwaffen, die auf verschiedene Teile seines Körpers gerichtet waren.

23

»Damit ich das jetzt richtig verstehe«, sagte McNamara. »Wir haben ein Observierungstagebuch in Ihrer Wohnung gefunden, okay? Detaillierte Pläne für die Entführung und Folterung eines kleinen Mädchens. Jede Menge Ausrüstung, um die Sache durchzuziehen. Haufenweise Zeitungsausschnitte über die Tochter des Präsidenten. Artikel aus Illustrierten, Fotos ... ja, sogar ihre Schulnoten, den Namen ihrer Katze ... alles. Wir wissen, daß Sie eine einsam gelegene Blockhütte besitzen. Sehr aufmerksam von Ihnen, daß Sie den Tageskilometerzähler gestellt haben, bevor Sie das letzte Mal rausgefahren sind ... die Hin- und Rückfahrt paßt einfach perfekt. Und auf jedes einzelne Bild des Mädchens haben Sie das Wort ›Angel‹ geklebt. Ich mache jede Wette, wenn wir die Blockhütte durchsuchen, finden wir ihren Namen auch dort überall.

Und Sie behaupten, daß Sie von einer Bande Teufelsverehrer entführt worden sind, die Sie gezwungen haben, Ihre Bankkonten zu räumen, stimmt das so?«

»Ich ...«

»Sie sind ein kranker Dreckskerl. Tja, dafür werden Sie jedenfalls eingelocht. Und zwar lange. Wenn Sie Glück haben, spielen Sie am Ende Karten mit John Hinckley.«

»Sie ... verstehen das nicht«, murmelte Wieskoft. »Ich *kenne* dieses Mädchen nicht einmal. Ich habe nie ...«

»Also, wer ist dann diese Angel?« fragte McNamara.

»Ich ... ich ....«

»Er gehört Ihnen«, sagte McNamara zu den wartenden Bundesbeamten.

Epilog

»Ich kann's nicht glauben«, sagte Reba zu Cross. Sie saßen an ihrem Küchentisch. »Die ganze Zeit war er hinter der Tochter des Präsidenten her ... mein Gott!«

»Sein Anwalt plädiert auf NSU.«

»NSU?«

»Nicht schuldig wegen Unzurechnungsfähigkeit. Er hat einen Pflichtverteidiger ... sieht aus, als wäre er auch noch pleite.«

»Wird er ins Gefängnis kommen?«

»In eine geschlossene psychiatrische Anstalt, höchstwahrscheinlich. Aber der Haken bei diesen Läden ist, die lassen einen erst dann gehen, wenn man zugibt, was man getan hat ... damit sie einen ›heilen‹ können. Dieser Wieskoft bleibt hartnäckig bei seiner verrückten Geschichte ... die sie ihm *niemals* abkaufen werden.«

»Ich kauf sie ihm ja auch nicht ab.«

»Das ist nicht das, was Sie gekauft haben«, sagte Cross und streckte ihr die Hand hin.

Wer zuerst kommt

Ich wartete im Lagerhaus auf ihn, blieb im Schatten.

Der mitternachtsblaue Mercedes kam durch das offene Tor hereingeschnurrt. Der Mann stieg aus, zog seine Manschetten so zurecht, daß sie gerade unter den Ärmeln seines Sakkos herausschauten, und strich sich das Haar zurück. Trommelte mit den Fingerspitzen auf dem schnittigen Kotflügel.

Ich trat aus dem Halbdunkel.

»Aha, Sie sind pünktlich.«

»Wie versprochen.«

»Ich habe nicht viel Zeit. Ich habe viel zu tun.«

Ich sagte nichts. Das Telefon in seinem Wagen piepste. Er schaute in die Richtung, machte aber keinerlei Anstalten ranzugehen.

»Die glauben, ich wäre schon unterwegs zu den Bahamas.«

Ich beobachtete seine Hände. Wartete.

»Ich habe das Geld. Hier«, sagte er und klopfte auf seine Brusttasche. »Alles in Fünfzigern, keine fortlaufenden Nummern.«

Ich beobachtete seine Augen.

»Ich weiß, wie ihr Typen arbeitet. Wir haben eine Abmachung. Dafür bezahle ich gut. Ist immer noch erheblich billiger als eine Scheidung, aber ich erwarte trotzdem eine entsprechende Leistung.«

Ich nickte.

»Es muß heute noch vor Mitternacht passieren.«

»Wird es.«

»Sorgen Sie dafür, daß es langsam geht, okay? Ich will, daß diese beschissene kleine Fotze vorher Schmerzen hat.«

»So was mache ich nicht.«

»Ich bezahle Sie . . . «

»Sie bezahlen mich für eine Leiche. Sie bekommen eine Leiche. Pünktlich.«

Über sein Gesicht spielte ein höhnisches Lächeln. »Sie sollen der Beste sein. Wie mein Auto. Wie meine Kleidung. Ich bezahle immer nur für das Beste.«

Ich beobachtete ihn.

»Sie sind eine Maschine, stimmt's? Eine Killermaschine. Und Sie arbeiten für den, der Sie bezahlt.«

»Für den, der mich als erster bezahlt.«

Kopffick

1 Die Frau war so unglaublich schön, daß es weh tat, sie anzusehen. Der alte Mann sah sie trotzdem an – das war sein Job.

»Hier gibt es keinen Cross, Lady«, sagte er und schaute von seinem Platz hinter der Theke am Eingang zum Billardsaal hoch.

»Ach ja?« erwiderte die Frau herausfordernd. »Dann spiele ich vielleicht einfach ein bißchen Pool.«

»Es sind keine Tische frei«, sagte der alte Mann.

Die Frau schob eine phantastische Hüfte vor, ihr hautenges, orangefarbenes Seidenkleid knisterte anerkennend. Sie drehte sich auf Pfennigabsätzen, musterte den Raum hinter sich. Der größte Teil lag im Halbdunkel, erhellt von tief hängenden, abgedeckten Lampen über den Tischen. Nur wenige der Lampen brannten, und selbst die waren in einen dichten Dunst aus gelblichem Zigarettenrauch gehüllt.

»Ich sehe jede Menge leere«, sagte sie mit tonloser Stimme.

»Die sind kaputt, Lady.«

»Dann warte ich eben«, sagte sie und ging von der Theke zu einem altmodischen, rotweißen Coke-Automaten. Sie setzte sich daneben auf einen Hocker, schlug die atemberaubenden Beine übereinander und nahm eine Zigarette heraus.

Ein Streichholz flammte neben ihrer Wange auf. Sie beugte sich vor, hielt die Zigarette an die Flamme. Sie lehnte sich zurück, nahm einen tiefen Zug, ihre Brüste strapazierten die Seide bedrohlich. Sie schaute zu dem Mann hoch, der das Streichholz hielt, verbarg ihre Augen hinter Schmetterlingswimpern. Sein Kopf war rasiert und saß auf einem kräftigen, sehnigen Hals. Der Schmuck in seinem rechten Ohr erinnerte an die Fußfessel eines Sträflings – eine lange Kette an einer Kugel. Sein Oberkörper war grotesk: so absurd muskelbepackt und von Venen überzogen, daß er künstlich wirkte. Die Skulptur aus Fleisch wurde von einem blaßlila Trägerhemd nur notdürftig bedeckt.

»Danke«, flüsterte die Frau, fotografierte sein Gesicht mit ihren türkisfarbenen Augen, registrierte die Wimperntusche und den Lidstrich, die dünne Schicht Lipgloss.

»Kann ich Ihnen helfen?« erkundigte sich die massige Gestalt.

»Sie sehen nicht sehr weiblich aus«, sagte die Frau. Es war keine Frage. »Wozu das Make-up?«

»Das hilft, Ärger zu kriegen«, sagte der Mann.

Die Frau nickte, als hätte sie etwas Vernünftiges gehört. »Ich will Cross sprechen.«

»Ist nicht hier«, sagte der Bodybuilder und beugte sich vor, senkte die Stimme. Die Frau legte den Kopf schief, hörte zu. Schließlich nickte sie.

Als sie ging, schienen die elfenbeinfarbenen Kugeln im Rhythmus ihrer Hüften zu klackern.

2

Die Frau an der Straßenecke war ganz in Schwarz, eine Nuance dunkler als die sie umgebende Nacht. Eine große Limousine rollte langsam heran – sie war waffengrau mit getönten Scheiben, unauffällig und anonym. Die vordere Tür wurde geöffnet, der Bodybuilder stieg aus, nickte ihr zu, hielt die hintere Tür auf wie ein Chauffeur. Sie stieg ein. Die Tür schloß sich hinter ihr. Eine andere Tür wurde zugeschlagen, und der Wagen setzte sich wieder in Bewegung.

»Sie wollten mich sprechen?« Eine Stimme aus den Tiefen des Rücksitzes.

»Ich will Sie engagieren«, sagte die Frau, sprach in einen See der Schwärze hinein.

»Erzählen Sie«, forderte die Stimme auf, als der Wagen um eine Ecke bog.

3

Die oberste Etage des Luxusapartmenthauses wirkte mehr wie ein Treibhaus als ein Penthouse – die Außenwände waren völlig aus Glas. Vor dem Glas erstreckte sich über die gesamte Länge der Wohnung ein Balkon mit Geländer, breit genug für einen ansehnlichen Garten. Im Wohnzimmer saßen drei Männer auf einem weißen, hufeisenförmigen Sofa. Ein weiterer saß auf einem schwarzen Ledersessel. Der fünfte Mann stand und redete. In einer Ecke befand sich ein Computer, der große Bildschirm ein Meer von papierweißer Leere. An den Fenstern zwei identische Teleskope auf Stativen, von denen das eine statt des Okulars mit einer 35-mm-Kamera ausgerüstet war.

In der Gasse hinter dem Gebäude knetete ein Mann sorgfältig eine tonartige Substanz um den Rahmen einer als DIENSTBOTENEINGANG gekennzeichneten Tür. Als er fertig war, baumelte ein Draht vom unteren Rand der Masse.

Auf der Vorderseite des Gebäudes ging ein rasierklingendünner Schwarzer lautlos über den Läufer auf den Sicherheitsbeamten zu, der hinter seinem Marmorschreibtisch saß. Der Schwarze trug einen Zorrohut und einen wadenlangen schwarzen Ledermantel, dazu schwarze Handschuhe an seinen Pianistenhänden. Der Sicherheitsbeamte, ein stämmiger

Schwarzer mit einem runden, freundlichen Gesicht, schaute von den Videomonitoren hoch.

»Kann ich . . .?« Doch ehe er seinen Satz beenden konnte, stand der Eindringling einen halben Meter vor ihm, den Abstand überbrückte eine abgesägte Schrotflinte.

»Was steht an, Kumpel?« flüsterte der schlanke Schwarze und hielt die Flinte so beiläufig wie eine Zigarette.

»Ace . . .«

»Du erinnerst dich noch an mich? Gut. Wir beide plaudern, okay?« Der schlanke Schwarze glitt hinter den Empfang und setzte sich, lümmelte sich so hin, daß er von der Straße aus nicht zu sehen war. »Ganz ruhig, Bruder. Greif nicht nach der Kanone, okay? Du kennst mich, du weißt, was ich mache. Die gute Nachricht ist . . . es geht nicht um dich. Kapiert?«

»Kapiert.«

»So sieht's aus. Ganz einfach. Eine Lady kommt rein. Mit einem anderen Typen. Du kennst sie nicht. Du sprichst sie nicht an. Schau einfach auf die kleinen Monitore und mach deinen Job, okay? Zeit vergeht. Du und ich, wir verbringen sie gemeinsam, verstehst du? Reden über alte Zeiten. Wenn die Lady geht, folge ich ihr. Und das war's. Nichts wird passieren. Dir nicht und auch sonst niemandem. Es sei denn, du machst was Blödes. Machst du was Blödes, Bruder?«

»Nein.«

»Gut. Das ist ein Wort. Hier, nimm.« Der schlanke Schwarze reichte ihm einen dicken, weißen Umschlag. »Heute war 303. Vergiß nicht, Bruder . . . das ist von nun an deine Glückszahl. Du hast einen Dime drauf gesetzt, saubere Sache. Bei der Spanish Phils Bank, South Side, alles oder nichts. Das hier ist dein Gewinn, falls jemand dich fragt, wo's herkommt. Sechs Riesen, ist das nicht Spitze?«

»Und ob.«

»Okay. Und jetzt keinen Streß. Gibt nichts mehr zu tun. Bei dieser Sache mischt keine Po-li-zei mit. Keine Berichte, keine Anrufe, gar nichts. Aber hör gut zu, Kumpel: Ich habe auch mein Wort gegeben. Nämlich, daß du nichts versuchst. Wenn doch, dann muß ich dich hier lassen, klar?«

»Ich bin nicht . . .«

»Klar?«

»Klar.«

»Super. So, und auf welchen von diesen kleinen Dingern haben wir den Vordereingang?«

4

Die Frau kam herein, der Bodybuilder an ihrer Seite, einen Aktenkoffer in der Hand. Der Mann am Empfang schaute nicht hoch. Sie schlenderte gemächlich zu den Fahrstühlen. Ihr Bild tauchte auf den Videomonitoren nicht auf, zwei waren dunkel.

Das Pärchen stieg in den Fahrstuhl. Der Mann nahm eine kleine Plastikschachtel heraus, so groß wie eine Zigarettenpackung. Er drückte einen Knopf an der Seite der Schachtel, und ein winziges, rotes Lämpchen leuchtete neben seinem Finger auf.

Der Mann in der Gasse hatte genau so einen Sender. Als sein rotes Lämpchen blinkte, riß er ein Streichholz an und hielt es an die Schnur, die neben der Tür baumelte. Funken sprühten kurz, dann ein Aufblitzen, gefolgt von einem dumpfen *Whmmmpf!*, als die Tür aus den Angeln flog und sich öffnete.

Der Mann trat durch die Türöffnung. Gleichzeitig mit ihm bewegte sich der Schatten einer riesigen Mülltonne. Der Schatten war menschlich. Dreihundertfünfzig Pfund Mensch bewegten sich mit einer Eleganz und Anmut, die seine massige Gestalt Lügen strafte.

Beide Männer kauerten in der Dunkelheit. »Princess ist jetzt mit ihr drin, Rhino. Ich denke, mit dem Lastenaufzug kommen wir problemlos rauf. Wenn die die Tür aufmachen, heißt das, ich bin über den Balkon reingekommen. Du gehst mit Princess rein. Wenn die Tür nicht von innen geöffnet wird, bin ich nicht wie geplant drangekommen. Dann soll die Frau klingeln. Die Leute drinnen werden die Tür wahrscheinlich bei vorgelegter Sicherheitskette nur einen Spaltbreit aufmachen. Brech sie auf und komm mich holen. Alles klar?«

»Ja. Wenn Princess keinen Fehlstart hinlegt.«

»So dumm ist er nicht, Rhino.«

»Doch, ist er.«

Die beiden Männer betraten den Lastenaufzug, drückten auf den Knopf Nummer 44. Die Kabine setzte sich sanft und lautlos in Bewegung.

»Cross?«

»Was?«

»Glaubst du wirklich, die Braut zieht's bis zum Ende durch?«

»Wir haben unser Geld«, meinte Cross achselzuckend.

5

In dem Personenaufzug schob Princess eine Plastikkarte in einen Schlitz neben dem Kürzel PH an der Fahrstuhlwand. Die Buchstaben leuchteten auf.

Der Lastenaufzug hielt auf der 44sten. Beide Männer stiegen aus. Am Ende des Ganges befand sich ein kleines Fenster. Schnell klebte Cross das Glas ab, bis es vollständig bedeckt war. Er trat zurück. Rhino legte seine riesige Pranke auf die Scheibe, bewegte sie behutsam, als suchte er nach einem Puls. Eine Fingerspitze fehlte. Der massige Mann nickte, dann schlug er mit der flachen Hand gegen die Scheibe. Wieder und wieder. Cross zog das Klebeband ab, das Glas haftete daran. Er wischte Scherben von der Fensterbank und hockte sich darauf, mit dem Gesicht zu Rhino, der ihn an der Taille hielt.

Cross holte einen Enterhaken aus der Jacke. Bis knapp unter die Spitze war der Haken dick mit Klebeband umwickelt und an einem Perlonseil befestigt.

»Einen Versuch haben wir«, sagte er. »Fertig?«

»Los«, sagte Rhino.

Cross lehnte sich so weit aus dem Fenster, daß sein Rücken parallel zur Erde war, und warf den Haken mit gestrecktem Arm hoch. Er hakte sich fest. Cross zog am Seil.

»Das wird halten«, sagte er. »Ich hab wohl getroffen.«

Rhino nahm Cross die Leine ab. »Laß mal sehen.« Er zerrte einmal heftig. »Ja«, sagte er.

Cross schwang sich aus dem Fenster, stemmte die Sohlen seiner Stiefel gegen die Außenwand, zog sich auf den Balkon hoch. Rhino schaute zu, den Kopf in den Nacken gelegt.

6 Cross hievte sich vorsichtig über das Balkongeländer, schaute aufmerksam in die Wohnung. Er hockte sich hinter einen Baum und beobachtete. Die Männer waren lebhaft, auf ihre Unterhaltung konzentriert. Cross zog sich die schwarze Skimaske übers Gesicht, holte die Uzi unter seinem Overall heraus, holte tief Luft, atmete langsam wieder aus. Dann schob er lautlos die Glastür zum Balkon auf und trat ins Wohnzimmer.

»Wenn einer schreit, sterben alle!« zischte er und bewegte die Uzi in kleinen, drohenden Kreisen.

Die Männer erstarrten, ihre Münder standen offen.

»Du!« bellte Cross und deutete mit einem schwarz behandschuhten Finger auf den pummeligen blonden Mann, der am dichtesten neben der Wohnungstür stand. »Mach die Tür auf! Sofort!«

Der pummelige Mann erhob sich mit zitternden Knien und gehorchte.

Die Frau betrat den Raum. Tiefes Luftholen von dem dunkelhaarigen Mann, der gestanden hatte, als Cross hereinkam. Princess folgte, die Maske übergestreift, eine verchromte .44er Magnum in der Faust. Dann Rhino, ebenfalls maskiert, der sich seitlich drehen mußte, um durch die Tür zu kommen. Seine Hände waren leer. Leise schloß er die Tür hinter sich.

»Alle auf die Couch.« Cross gestikulierte mit der Uzi. Die Männer setzten sich nebeneinander, hängende Schultern, zitterten. Cross machte eine Handbewegung, und Rhino trat hinter die Couch, überragte die sitzenden Gestalten. Princess stand links, die Beine in Schußposition gespreizt. Cross blieb auf der rechten Seite.

Die Frau trat in die Mitte des V. »Du«, flüsterte sie, richtete einen langen, lackierten Fingernagel auf den Mann, der gestanden hatte. »Sieh mich an. Du machst es seit Monaten – mach's jetzt.« Der Mann wurde bleich.

Cross nickte Rhino zu. Der Riese kam hinter der Couch hervor und ging zur anderen Seite des Raumes. Er hob einen niedrigen Marmortisch hoch, als wäre er ein Buch, und trug ihn vor die Couch. Dann nahm er in jede Hand einen Stuhl und plazierte ihn so, daß sie an dem Marmortisch einander gegenüber standen. Er ging wieder zurück zu seinem Platz hinter der Couch. Die Frau nahm auf einem der Stühle Platz. »Setz dich«, befahl sie dem dunkelhaarigen Mann und zeigte auf den anderen Stuhl. Er gehorchte.

Die Frau nickte Cross zu.

»Also, es ist so«, sagte Cross zu den Männern. »Wir sind bezahlt worden für einen Job. Der Job ist: ihr sitzt alle schön still. Die Lady möchte ein Spiel spielen. Wir sind dafür bezahlt worden, daß sie es spielen kann. Wenn wir euch umbringen wollten, würden wir keine Masken tragen. Ihr laßt die Lady ihr Spiel spielen, dann gehen wir wieder. Das war's. Keine Gewalt, kein Raub. Wenn ihr einen Fehler macht, werdet ihr's nicht überleben.«

Die Frau atmete tief und rauh ein. Es war das einzige Geräusch im Raum.

»Das hier ist also der Stalker's Club«, sagte sie. »Wie lange mcht ihr das schon?«

Niemand antwortete.

»Nimm den an dem Ende da und brich ihm den Arm«, sagte Cross zu Rhino.

»Zwei Jahre!« quiekte der am Ende des Sofas. »Diesen Juni zwei Jahre.«

»Du sagst nichts mehr«, sagte die Frau. »Du« – auf den dunkelhaarigen Mann zeigend –, »du bist der einzige, der hier redet, verstanden?«

»Ja«, antwortete der Mann.

»Ihr macht Fotos?« fragte sie.

»Ja.«

»Auch Videos?«

»Ja.«

»Benutzt ihr Computer? Besorgt ihr euch aus Datenbanken Informationen über die Frauen, die ihr beobachtet?«

»Ja.«

»Alles nur zum Spaß, was?«

»Ehrlich. Wir haben nie . . .«

»Du bist ein Vergewaltiger, oder?«

»Nein!«

»Du hast mich genommen, oder nicht? Ihr alle. Gefangen auf euren schmutzigen, kleinen Fotos. Nach einer Weile macht es keinen Spaß mehr . . . es sei denn, sie wissen Bescheid, ja? Nach einer Weile konnte ich euch auf mir spüren. Das gefällt dir, oder?«

»Es tut nicht weh . . .«

»Doch, tut es. Und das weißt du auch. Und es gefällt dir.«

»Ich habe nie . . .«

»Sex, der läuft nur im Kopf ab, stimmt's? Ihr nehmt mich in euren Köpfen.«

»Nein!«

»Doch. Ich kann es beweisen. Hier ist das Spiel, was wir spielen werden. Ich mache jede Wette: Es gelingt mir, daß du kommst. Innerhalb von zehn Minuten. Ohne dich zu berühren. Ich berühre nur deinen Verstand. Ich wette hunderttausend Dollar, daß ich es schaffe. Hältst du dagegen?«

»Was, wenn nicht?« Ein Anflug von Schmollen in seiner rauhen Stimme.

»Dann nehmen diese Männer ihre Masken ab, kapiert?«

»Ja.«

»Willst du wetten?«

»Ja.«

Die Frau nickte Princess zu. Er ging zum Couchtisch und öffnete den Aktenkoffer. Der war voller

Geld, Scheine mit Banderole, sauber und neu. Sorgfältig stapelte er das Geld auf einer Ecke des Tisches, trat dann zurück.

»Das ist mein Einsatz. Einhunderttausend Dollar. Bist du bereit?«

»Soviel Geld habe ich nicht . . .«

»Willst du was anderes setzen? Zum Beispiel deine rechte Hand – die du benutzt, wenn du mit deinen schmutzigen Bildern allein bist?«

»Sind Sie verrückt? Ich werde nicht . . .«

»Hör auf zu lügen«, sagte die Frau. »Ich habe keine Zeit. Du hast hier einen Safe. Geh und hol's.«

Der dunkelhaarige Mann stand auf. Cross trat neben ihn, die Uzi war zwischen ihnen. Sie verließen den Raum.

Zwei Minuten später waren sie zurück. Cross ließ zwei Handvoll Vermögen auf den Couchtisch fallen. Ungefaßte Edelsteine, Bargeld, Goldmünzen, Aktien.

»Das sind mehr als hunderttausend . . .«, sagte der Mann.

»Halt den Mund, Lügner. Du spielst um das, was da liegt. Bist du soweit?«

Princess verlagerte sein Gewicht. »Ja«, antwortete der Mann.

Die Frau stand auf. Zog ihren Mantel aus. Darunter trug sie Netzstrümpfe, die an breiten Strumpfbändern um jeden perfekten Oberschenkel befestigt waren. Ihre langen Beine endeten in schwarzen Stöckelschuhen. Sie drehte sich langsam einmal um sich selbst. Eine schwarze Seidenschnur teilte ihre Pobacken. Von der Taille an aufwärts war sie nackt. Die Frau drehte sich noch einmal, eine volle Drehung. Dann setzte sie sich auf den Stuhl und nickte Princess noch einmal zu. Der Bodybuilder steckte seine riesige Pistole ins Holster, zog Handschellen aus der Tasche und fesselte der Frau die Hände auf den Rücken. Dann kreuzte er zwei dünne Lederriemen über ihrem Brustkorb, teilte ihre Brüste wie mit einem Patronengurt. Er zog die Riemen unter dem Stuhl hindurch und wickelte sie um ihre Oberschenkel, band sie fest. Princess kniete sich hin, band schnell zwei weitere Riemen um die Knöchel der Frau. Sie versuchte, die Fesseln zu lösen, konnte sich aber nicht mehr bewegen.

»Zehn Minuten«, sagte die Frau. »Fang an zu zählen.«

Princess hob noch einen Lederriemen. Die Frau leckte sich über die Lippen, öffnete den Mund. Princess paßte den Knebel ein, sicherte ihn hinter ihrem Kopf mit einem Knoten. Der Blick der Frau bohrte sich in den Mann ihr gegenüber. Dann legte Princess ihr die schwarze Augenbinde um.

Atmen war das einzige Geräusch. Die Frau wand sich unter ihren Fesseln, öliger Glanz bedeckte elfenbeinfarbene Haut.

Weiße Flecken blühten auf den Wangen des dunkelhaarigen Mannes.

Cross ging zu dem Computer, gab einige Befehle ein. Er schob eine Diskette ins Laufwerk, drückte auf die Return-Taste. Der Bildschirm drehte durch. Die Festplatte surrte.

Keiner wandte den Blick von der Frau.

Cross durchstreifte die Wohnung, bis er die Videosammlung gefunden hatte. Er nahm eine Glasflasche aus der Jacke, leerte den klaren Inhalt über die aufgestapelten Videokassetten. Ein leises Zischen erfüllte den Raum, als die Säure zu wirken begann. Er ging zurück ins Wohnzimmer. Die Frau hatte den Kopf in den Nacken gelegt, kehliges Stöhnen perlte über ihre Lippen – ihr Schweiß vermischte sich mit einem schweren Parfum, ließ den Raum ersticken.

Der dunkelhaarige Mann hatte den Blick nicht abgewandt. Die Hände waren zu Fäusten geballt.

Ein winziges, piependes Geräusch von Cross' Uhr. »Zeit«, sagte er.

Princess band die Frau los. Sie zog ihren Mantel an. Stellte sich neben den Mann, die Hände in den Taschen.

»Du hast *eine* Antwort«, sagte sie. »Habe ich gewonnen? Bist du gekommen?«

»Ja«, sagte der Mann. Sah sie nicht an.

Die Frau ging um den Couchtisch herum, fixierte den Mann. Aus den Falten ihres Mantels zog sie einen Eispickel, auf dessen Spitze ein Kork steckte. Der Mann war wie versteinert. Mit einem Fingernagel schnippte sie den Kork von der Spitze.

»Du kannst mit deinen Augen vergewaltigen, stimmt's?« flüsterte sie.

»Ich ...«

»*Kannst* du?« Ihre Stimme war ein Peitschenschlag.

»Ja«, nuschelte er, sah nicht auf.

»Und du weißt nie, wer dich beobachtet – vergiß das nie.« Die Frau nickte Princess zu. Er schaufelte alles vom Tisch in den Aktenkoffer, drückte die Falten auseinander, damit er größer wurde und alles hineinpaßte. Dann reichte er ihr etwas, das wie eine flache Scheibe mit elastischen Schlaufen aussah. Sie zog sie sich über Nase und Mund, während Rhino aus einer Dose grünliches Gas über den zitternden Männern versprühte. Alle sanken um, wurden ohnmächtig.

Princess öffnete die Tür. Sie betraten den Fahrstuhl, zogen die Skimasken aus, darunter kamen die gleichen Scheiben zum Vorschein, wie die Frau sie trug.

Auf ein Nicken von Cross wurden die Scheiben abgenommen. Er drückte einen Knopf auf einem Sender.

In der Lobby glitt die Fahrstuhltür auf. Als die Gruppe das Foyer durchquerte, kam Ace hinter dem Schreibtisch des Sicherheitsbeamten hervor und schloß sich ihnen an.

Der anonyme graue Wagen wartete am Bordstein, der Motor fast lautlos im Leerlauf. Princess stieg vorn ein, Cross und die Frau hinten. Rhino und Ace verschwanden in der Nacht.

Der Wagen fuhr an. Cross öffnete den Aktenkoffer, betrachtete den Inhalt.

»Das ist ungefähr eine Viertelmillion, alles in allem. Was über die hundert Riesen hinausgeht, teilen wir fifty-fifty, wie besprochen?«

»Ja.«

»Ich nehme die Edelsteine und die Namensaktien – die sind schwerer loszuschlagen. Sie behalten das Bargeld und die Goldmünzen, abgemacht?«

»Abgemacht.«

Der schwere Wagen fuhr lautlos durch die Nacht. Cross drückte auf einen Knopf, und zwischen Vorder- und Rücksitzen glitt eine Trennscheibe hoch. Cross dämpfte die Innenbeleuchtung, steckte sich eine Zigarette an und drehte sich der Frau zu.

»Er ist nicht gekommen«, sagte Cross. »Nach diesem Abend wird er wahrscheinlich nie wieder können.«

»Ich schon«, sagte die Frau.

Devil

»Warum wollen Sie ihn abgeben? Hat er Sie angefallen, oder was?«

Ich setzte mich auf dem ramponierten Bürostuhl aus Plastik zurecht und kraulte den großen Dobermann hinter den Ohren, wie er es mochte. Der fette Mann saß mir gegenüber an einem alten Holztisch unter einem gemalten Metallschild. CENTURION WACHHUNDE – *Verkauf und Vermietung*. Er hielt einen Bleistift in der Hand, vor ihm lag ein Klemmbrett. Die Ärmel seines angegrauten T-Shirts waren hochgekrempelt, auf dem rechten Bizeps die Tätowierung einer Hula-Tänzerin. Als der Speck noch Muskel war, wackelte die Tänzerin mit dem Arsch, wenn er den Arm anwinkelte.

Ich riß mit dem Daumennagel ein Streichholz an, hielt es an meine Zigarette. Die Ohren des Dobermanns waren angelegt, der sehnige Hals schmiegte sich sanft an das Würgehalsband.

»Das ist ein Haufen Scheiße«, sagte ich zu dem fetten Mann. »Dobermänner greifen nicht an. Man sagt es ihnen nach, aber den schlechten Ruf haben sie nicht verdient. Was passiert, ist doch folgendes: Ein Typ hört all diese Geschichten, okay? Er bekommt einen Dobie als Welpe und beschließt dafür zu sorgen, daß der Hund, wenn er ausgewachsen ist, *ihn* niemals angreift. Also schlägt er den Hund jeden Tag windelweich. Spielt seine Macht aus. Einem jungen Hund Angst zu machen, ist einfach. Manche Leute fühlen sich dabei knallhart, verstehen Sie? Aber in einem Punkt sind Dobermänner anders als andere Hunde: Sie haben ein gutes Gedächtnis. Ein sehr gutes sogar. Irgendwann will der Kerl seinen Hund wieder schlagen, und der Hund denkt sich: ›Nee, heute nicht, Kumpel.‹ Und der Hund macht ihn fertig. Wie er es verdient. Und dieser Kerl, der sein eigenes Hundebaby schlägt, der sagt: ›Der Dreckskerl hat mich *angegriffen.*‹ Verstehen Sie, was ich sagen will?«

Herausforderung funkelte in den Augen des fetten Mannes. Verschwand, als ich den Ball zurückgab. Seine Stimme war sanft, aber hinterhältig. »Wenn er Sie nicht angefallen hat, warum geben Sie ihn dann ab?«

Meine Miene blieb unverändert. »Er hat einen Gehirnschaden. Ich mußte ihn in ein Tierheim geben, als ich für längere Zeit nicht in der Stadt war. Dort hat er sich von den anderen Hunden einen Virus geschnappt. Ist fast gestorben.«

»Ich finde, er sieht okay aus.«

»Oh, ja. Körperlich ist er in ausgezeichneter Verfassung. Aber mit seinem Kopf stimmt was nicht. Er sitzt einfach so da, und wie aus heiterem Himmel legt er plötzlich los. Er ist nicht sicher. Man kann ihn nicht in der Wohnung haben oder so.«

»Ehrlich? Ich meine, er sieht so brav aus und alles. Müßte einiges wert sein . . .«

Ich ruckte unmerklich an der Kette des Dobermanns. Seine Ohren stellten sich blitzschnell. Ein grauenerregendes Knurren drang zwischen seinen aufblitzenden Fängen hervor. »Schluß!« brüllte ich ihn an, zerrte wieder. Er stürzte sich auf den fetten Mann. Ich riß einmal hart an der Kette. Die Ohren des Hundes wurden wieder flach, als wäre nichts gewesen.

»Was hab ich gemacht?« fragte der fette Mann und rieb sich die Hände.

»Nichts. Es liegt nicht an Ihnen. Er ist einfach übergeschnappt. Es ist nicht seine Schuld.«

»Ja. Ja, vielleicht könnte ich ihn ein Lagerhaus bewachen lassen. Oder so. Aber viel zahlen kann ich nicht . . . Ich meine, er ist nicht ausgebildet oder so.«

»Haben Sie einen Transportkäfig?«

»Der Laderaum des Kombis.«

Ich führte den Dobermann auf die Rückseite des Ladens zu dem Käfig. Der fette Mann öffnete die Tür. Ich riß an der Kette, und der Dobermann sprang hinein, so ruhig wie Öl auf Wasser. Der fette Mann knallte den Käfig zu. Der Dobermann sah mich an. Ich steckte meine Hand in den Käfig, kraulte seinen Kopf. Drehte ihm den Rücken zu.

Der fette Mann gab mir das Geld. »Wie heißt er?« fragte er mit gezücktem Bleistift.

»Devil«, sagte ich.

Das Betonwerk stand einsam und allein auf der Steppe eines zweieinhalb Hektar großen Grundstücks in Brooklyn. Umgeben von einem knapp zwei Meter hohen Maschendrahtzaun mit gerolltem Nato-Draht oben drauf. In der Nähe nichts außer leerstehenden Fabriken. Keine Straßenlaternen. Das Haupttor war breit genug für die Laster, die jeden Tag Sand und Kies lieferten. Die beiden Torflügel wurden von einer schweren Kette mit Vorhängeschloß zusammengehalten. Am Zaun war ein weißes Metallschild angebracht. Große, rote Buchstaben: BEWACHT VON KAMPFHUNDEN. Es war Anfang Juni, zehn vor sechs in der Frühe. Ich beobachtete die Hunde durch das Fernglas. Zwei Schäferhunde, das Fell dicht und vom Betonstaub verfilzt. Ein stämmiger Rottweiler. Und ein schlanker Dobermann.

Okay.

»Es muß wie ein Unfall sein. Dieser Kerl, der ist unvernünftig. Mit den anderen Partnern haben wir keine Probleme. Die kapieren, wie's läuft. Wie's laufen muß. Dieser Typ ist ein sturer Bock. Wenn er erschossen wird oder so, verstehen die anderen vielleicht, warum; vielleicht kriegen sie aber auch Schiß und rennen zu den *federales*. Sie wissen ja, wie sowas läuft.«

»Ich weiß.«

»Wenn Sie das Ding hier schaukeln, haben Sie bei uns einen sicheren Platz. Das habe ich Ihnen ja schon gesagt.«

Meine Miene blieb unverändert. So wie man mir's beigebracht hat. Da, wo ich aufgewachsen bin. Der Mann in dem weißen Seidenhemd beobachtete mich, wartete. Ich wartete auch. Noch etwas, das man mir beigebracht hat. Er zuckte mit den Achseln. »Die Hälfte jetzt, die andere, wenn es erledigt ist?« fragte er.

Ich öffnete die Hand für das Bargeld.

Zwei Tage später hielt ich mit dem Leihwagen direkt vor dem Tor. Die Sonne ging auf, es würde bald hell werden. Ich zog die Lederhandschuhe an. Sie waren mit feinem Drahtgewebe gefüttert. Ich kniete mich hin, richtete die Polaroidkamera auf die Fabrik. Wartete.

Ich hörte seinen Wagen kommen. Schaute nicht auf. Reifen kreischten, als der weiße Caddy sich quer vor meinen Wagen stellte, jedes Entkommen verhinderte. Er sprang heraus, fuchtelte mit dem Moniereisen herum.

»Was, glaubst du, verdammt nochmal, was du hier machst?«

Ich versuchte, die Kamera unter meiner Jacke zu

verstecken, zurück in meinen Wagen zu kommen. Er verstellte mir den Weg. Sein Gesicht war eine Fratze voller Angst und Haß, auf seinen Lippen weißer Schaum.

»Du verdammter Schweinehund! Du nimmst mir nicht, was mir gehört. Ich habe für das hier gearbeitet! Sag diesen Bastarden, daß ich *niemals* bezahlen werde!«

»He! Ich weiß überhaupt nicht, wovon Sie reden. Ich wollte doch nur ein Foto von den Hunden machen.«

Mit ihm war nicht zu reden. Er ging auf mich los, schlug mit dem Moniereisen nach meinem Kopf. Ich ließ die Kamera fallen, fing den ersten Schlag mit der linken Hand ab, wirbelte zu ihm herum, stand mit dem Rücken zum Tor. Die Hunde drehten durch. In meiner Hand öffnete sich das Schnappmesser. Ich duckte mich, arbeitete mich vor, hielt eine Hand ausgestreckt, um den nächsten Schlag mit dem Moniereisen abzuwehren.

Er war ein großer, schwerer Mann mit massigen Schultern. Er hatte schon früher Messer gesehen. Er wich zurück, parallel zum Tor. Hob die rechte Hand, täuschte einen Schwinger mit dem Moniereisen vor und rammte die Schulter gegen das Tor, drückte es einen Spaltbreit auf. »Schnappt ihn euch!« schrie er. Und der Dobermann schoß durch die Öffnung an ihm vorbei und auf mich zu.

»Devil!« brüllte ich. »Faß! Faß ihn, Junge!«

Der Dobermann wirbelte herum und stürzte sich auf den großen, schweren Mann wie ein Tornado auf ein Bauernhaus. Grub seine Zähne tief in den Oberschenkel. Der Schrei des Mannes beschrieb eine nicht mehr menschliche Oktave, als er das Moniereisen hob, um dem Hund den Kopf zu zerschmettern. Ich versetzte ihm einen satten Haken in den Bauch, und er ging in die Knie. Der Dobermann packte ihn an der Kehle. Ein rotweißer Brocken flog durch die Luft.

Es war schnell vorbei. »Devil! Aus!« brüllte ich. Der große Hund wich zurück, das Maul in Blut gebadet. Ich öffnete die Heckklappe meines Wagens, gab dem Hund das Zeichen, und er sprang hinein. Ich stemmte die Schulter gegen das Tor und schob die Leiche des Mannes hinein, den Kopf zuerst. Die anderen Hunde stürzten sich auf den Körper. Ich ließ ihn liegen.

Es ist alles eine Frage der Erziehung.

Verjährungsfrist

1 Ich sah sie die Treppe zum Billardsaal herunterkommen. Beobachtete sie in dem Sicherheitsspiegel, den der alte Mann gleich hinter der Tür angebracht hat. Ganz in Schwarz gekleidet war sie – aber aus Trauer, nicht aus modischen Gründen.

Sie fädelte sich durch das Labyrinth der Tische, eine dunkle, schlanke Erscheinung, die den Blick der Männer, die ihre verschiedenen Spiele spielten, nicht auf sich zog. Ich war, wo ich gesagt hatte – in der hinteren Ecke, weit weg von den Fenstern. Sie trug eine schwarze Pillbox mit einem schwarzen Halbschleier. Ihr Gesicht unter dem grobmaschigen Gewebe war anämisch bleich.

»Mister . . . Cross?«

»Setzen Sie sich«, sagte ich und deutete mit der Spitze meines Queues auf einen kleinen runden Tisch.

Sie nahm einen der beiden Holzstühle, zog die Handschuhe aus und kramte in ihrer Tasche nach einer Zigarette. Ich lochte die letzte Kugel ein, ließ mein Queue auf dem Filz liegen und setzte mich zu ihr. Zwei Männer lösten sich von der Wand und nahmen meinen Platz ein, legten die Kugeln zurecht und begannen ein Spiel. Hinter den beiden waren die Frau und ich unsichtbar.

Ich steckte mir eine Zigarette an. Wartete.

Sie brauchte zwei weitere Zigarettenlängen, bis ihr klar wurde, daß ich nichts sagen würde.

Sie hatte eine Chemotherapiestimme, kraftlos und resigniert. »Sie müssen dafür sorgen, daß er aufhört«, sagte sie. »Von sich aus tut er das nie.«

Ich hatte eine geschlagene Frau erwartet, nach

dem, was der alte Mann mir erzählt hatte. Aber die Seele dieser Frau trug die Narben, nicht ihr Körper.

»Erzählen Sie einfach«, sagte ich.

»Ich kann zahlen. Was immer es kostet, ich krieg es zusammen.«

»Das hier gehört zu den Kosten.«

»Ich dachte . . .«

»Ich kenne Sie nicht.«

»Und Sie vertrauen mir nicht.«

»Das auch.«

An der Glut ihrer letzten steckte sie sich die nächste Zigarette an.

»Ich könnte Sie anlügen«, sagte sie. Als verstünde sie was von Lügen.

»Nein. Nein, das können Sie nicht.«

»Haben Sie hier irgendwo einen Lügendetektor?«

»Ich bin einer«, sagte ich und sah ihr fest in die Augen. Damit sie verstand und zur Sache kam.

2

»Mein Stiefvater«, sagte sie schließlich, das letzte Wort war wie eine schleimüberzogene Made. Eine gefährliche, tödliche Made.

»Was?«

»Er . . . hat mich mißbraucht. Als Baby. Als kleines Mädchen. Als Teenager. Heute bin ich weg. Aber ich bin nie frei von ihm. Ich werde nie einen Freund, nie einen Mann haben. Ich werde nie ein Baby bekommen – er hat mich innen verbrannt.«

»Es gibt Leute, die sowas wieder in Ordnung bringen können. Therapeuten . . .«

Ihre Augen waren Leichname. »Er hat mich mit einem Lötkolben verbrannt. Kurz nach meiner ersten Periode. Er hat ihn mir hineingeschoben und auf den Knopf gedrückt.«

»Was wollen Sie?«

»Ich bin zur Polizei gegangen«, sagte sie, als hätte sie mich nicht gehört. »Die haben mir gesagt, ich käme zu spät. Zuviel Zeit sei vergangen, seit er mich das letzte Mal genommen hat. Die Verjährungsfrist, haben sie gesagt. Er kann nicht mehr vor Gericht gestellt werden. Also bin ich zu einem Anwalt gegangen. Er hat Geld. Ich dachte, wenn ich ihn verklagen, ihm sein Geld abnehmen könnte, dann wäre seine Macht weg. Auch der Anwalt hat mir gesagt, ich käme zu spät.«

»Okay, also . . .?«

»Der Staatsanwalt, er war sehr nett. Er hat mir gesagt, ich könnte nicht einmal Polizeischutz bekommen. So etwas geht nur bei einem laufenden Strafverfahren. Aber er hat gesagt, wenn er . . . mein Stiefvater . . . mich jemals wieder belästigen sollte, würde er ihn hinter Schloß und Riegel bringen. Er hat gesagt, sie wüßten über ihn Bescheid . . . durch andere Dinge. Er wollte mir nicht sagen, was das war.«

»Würde Ihnen das genügen?«

»Nichts würde jemals genügen. Auch wenn er stirbt, würde das nicht genügen. Aber wenn er seine Macht verlieren würde, wenn er im Gefängnis wäre, das würde . . . ich weiß nicht, mir eine Chance geben. Vielleicht. Frei zu sein.«

»Was, dachten Sie, könnte ich tun?«

»Tun Sie ihm weh«, flüsterte sie.

»Auf schwere Körperverletzung steht in diesem Staat eine lange Haftstrafe. Wenn man vorbestraft ist, kann man dafür leicht zwanzig Jahre kriegen.«

»Er ist vorbestraft«, sagte sie.

»Wegen was?«

»Vergewaltigung. Bevor er meine Mutter geheiratet hat. Das ist lange her. Meine Mutter hat es erst sehr viel später herausgefunden. Vorher hat er es mir erzählt. Als ich noch ein kleines Mädchen war. Er hat ein Mädchen vergewaltigt und ist ins Gefängnis gekommen. Er hat mir gesagt, er würde nie wieder ein Mädchen vergewaltigen. Er haßt das Gefängnis. Deswegen hat er meine Mutter geheiratet. Damit er tun kann, was er tut, ohne dafür wieder ins Gefängnis zu müssen. Er war sowas wie ein ... Gangster vielleicht. Manchmal hat er am Telefon knallhart geredet. Und dann war er wieder ganz kriecherisch. Ist förmlich auf den Knien rumgerutscht vor dem am anderen Ende der Leitung. Einmal hab ich gehört, wie er das gemacht hat, und er ... hat mir an diesem Abend ganz schlimm weh getan.«

Ich steckte mir eine neue Zigarette an und beobachtete sie. »Sie wollen das wirklich?«

»Es ist alles, was ich will«, sagte sie, hielt meinem Blick stand.

Dann sagte ich ihr, was es kosten würde.

3

Er wohnte allein. In einem netten Haus in den Vororten. Auf beiden Seiten Nachbarn, aber er hatte einen hohen Zaun um sein Grundstück. Massives Zedernholz. Der würde keinen Amateur abhalten.

Ein kräftiger, peitschender Regen kühlte die sommerliche Hitze nur wenig ab, als ich kurz vor Mitternacht bei ihm klingelte. Kein Hund bellte. Was wir auch nicht erwarteten, nachdem wir eine Woche observiert hatten.

Ich hörte keine Schritte, bevor er die Tür aufriß. Ein großer kräftiger Mann, dicker Bauch, die Haare auf eine Seite gekämmt, was die Kahlheit um so mehr hervorhob, die er eigentlich verbergen wollte.

Er trug ein weißes T-Shirt über einer ausgebeulten, schwarzen Hose, war barfuß.

Ich fragte nach seinem Namen, hielt meine Brieftasche hoch, damit er die Polizeimarke sehen konnte. Er betrachtete sie aufmerksam, kniff die Augen zusammen.

»Es macht Ihnen doch nichts aus, draußen zu warten, Sergeant? Damit ich das Revier anrufen und mich vergewissern kann, daß Sie auch sind, was Sie behaupten.«

»Nein, Sir«, sagte ich und beobachtete die Veränderung seiner Miene, als er die Pistole im Rücken spürte.

Ich trat ein, dirigierte ihn mit der Handfläche behutsam vor mir her. Ich schob den Hut in den Nacken, zog die Krempe aber schnell wieder herunter, als ich seinen Blick zur Drachentätowierung auf meiner Stirn wandern sah. Ich gab ihm zu verstehen, daß er sich umdrehen sollte. Buddha zeigte ihm die .357er Magnum, nah genug, daß er die Kugeln in der Trommel sehen konnte. Buddhas Gesicht steckte unter einer dunklen Strumpfmaske.

»Gehen wir in dein Arbeitszimmer«, sagte ich zu dem Mann.

Wir nahmen ihn in die Mitte und gingen den mit Teppichboden ausgelegten Gang hinunter, führten ihn zu dem Schreibtisch mit der Glasplatte, sagten ihm, er sollte sich setzen und es sich bequem machen.

»Gehören Sie zu Falcone?« fragte er mich.

Ich legte zwei Finger auf meine Lippen, bedeutete ihm, still zu sein.

»Hören Sie, wollen Sie Geld? Ich hab . . .«

Buddha bohrte die Mündung der Kanone tief in das Ohr des Mannes. Der Mann jaulte auf, dann war er still.

Ich öffnete meinen kleinen Rucksack und nahm eins nach dem anderen heraus, ließ ihn sehen, was gleich passieren würde. Handschellen, eine Spritze, eine kleine Flasche mit klarer Flüssigkeit und einem flachen Gummiverschluß, Mullbinden, eine Aderpresse mit Klettverschluß, Druckverband, eine kleine Lötlampe. Und ein Schlachtermesser aus rostfreiem Stahl.

»Wa . . . was wird das?«

»Nur ein Job, Kumpel«, sagte ich. »Ich verdiene mir nur meine Brötchen. Keine Sorge, es wird kein bißchen weh tun . . . wenn ich dir erstmal eine Ladung von dem Zeug hier verpaßt habe.«

Er schaute zu, wie ich die Injektionsnadel durch den Gummiverschluß des Fläschchens stach, die Spritze füllte und den Kolben drückte, um sicherzugehen, daß die Nadel nicht verstopft war. Sein Gesicht war ein Wackelpeter der Angst.

»Bitte . . .«

»Hör zu, Kumpel, glaubst du vielleicht, mir macht das Spaß? Ich bin kein Sadist. He, ich sag dir gern, worum's geht. Eine Frau kommt zu mir, sagt, du hättest ihr verdammt übel mitgespielt. Hat gut Geld dafür bezahlt, daß ich dir was entferne, damit ihr quitt seid. Die Sache ist nur, sie ist kein Profi . . . sie will, daß ich ihr den Beweis bringe.«

»Beweis?« Das Wort rutschte ihm aus der Kehle.

»Sicher, Kumpel. Ein Beweis. Ein paar gebrochene Beine sind der Lady nicht genug. Sie will deine Hand. Deine rechte Hand.«

»Oh, mein Gott . . .«

»Paß auf, Kumpel, für mich spielt das keine Rolle. Sie hat den vollen Preis für eine Leiche bezahlt, verstehst du? Sie zahlt genau so viel wie für deinen Kopf. Also, entspann dich, nimm's nicht tragisch.

Fong, mein Partner, wird dir gleich die Hand flach auf den Tisch fesseln. Ich werde die Aderpresse um deinen Arm wickeln, eine Vene finden, dir diese Dröhnung verpassen. Du schläfst ein. Wenn du wieder aufwachst, hast du eine Hand weniger. Alles hübsch sauber verbunden, besser als sie's in einem Krankenhaus machen.« Ich drehte die Lötlampe auf. Das zischende Butangas war das lauteste Geräusch im Raum. Ich riß ein Streichholz an, hielt es ins Gas.

»Was ist das?« Er zitterte so sehr, daß es klang, als wäre sein Mund voller Kieselsteine.

»Um die Wunde zu kauterisieren, Kumpel. Damit du uns nicht verblutest.«

»Kau . . . kauterisieren?«

»He, Kumpel, was findest du, was ich benutzen sollte . . . einen Lötkolben vielleicht?«

4

Als er wieder zu sich kam, hatten wir ihn festgeschnallt und waren bereit. Buddha hatte die Aderpresse um seinen Bizeps gelegt, ich klopfte auf seine Venen, damit sie sich deutlich abhoben.

»Können wir nicht reden?« Seine Stimme war ein geübtes, kriecherisches Jammern, bettelnd, alles versprechend.

»Red schnell, Kumpel«, sagte ich.

»Hören Sie, Sie sind doch Profis. Haben Sie doch selbst gesagt, stimmt's? Ich meine . . . Sie sind für das hier bezahlt worden. Ich könnte Ihnen mehr zahlen, damit Sie's nicht tun, okay? Ich meine, jetzt sofort. Jede Summe.«

»Hast du dreißig Riesen im Haus, Kumpel?« fragte ich mit sarkasmustriefender Stimme.

»Ja . . . Also eigentlich gehört es nicht mir. Deshalb dachte ich doch auch, ihr wärt Falcones Leute.

Aber ... ich gebe es Ihnen, mit Falcone bringe ich das morgen in Ordnung. Ich meine, in dem Haus steckt Geld, meine Wagen ... Ich krieg das Geld locker zusammen.«

»Dreißig Riesen? Cash?«

»Ja!«

»Hier? Jetzt?«

»Ja, ja. Wirklich. Ich schwör's. Lassen Sie mich nur ...«

»Mann, ich weiß nicht. Wir haben doch schon das Geld von dieser Braut genommen.«

»Kommen Sie. Bitte! Sie sind ein Mann. Ich hab der Schlampe nichts getan, was sie nicht verdient hat. Ich meine ... einem Mann die Hand abschneiden, um Himmels willen ... Nehmen Sie das Geld! Mein Geld ist so gut wie ihres.«

Ich ließ mich auf meinem Stuhl zurücksinken und dachte darüber nach. Sah die Hoffnung in seinen Augen. Warf Buddha über die Schulter einen Blick zu.

»Wo ist das Geld?« fragte ich.

Sein ganzer Körper bebte, bevor er flüsterte: »Safe.«

Er gab mir die Kombination. Ich machte schnell. Ein halbes Dutzend Kilobeutel mit einem weißen, in klarer Plastikfolie eingeschweißten Pulver. Und Bargeld. Ordentlich gestapelt, lauter Hunderter. Blitzschnell zählte ich die Bündel mit Banderole ... mehr als sechzigtausend.

Ich ließ es in den Rucksack fallen.

»Wir lassen dir den Schnee«, sagte ich.

»He! Da war ...«

»Halt's Maul. Du hast ein gutes Geschäft gemacht. Du hast uns bezahlt, damit wir's nicht machen, stimmt's? Für das restliche Geld übernehmen wir einen Job für dich.«

»Was für einen Job?«

»Glaubst du, diese Braut ist jetzt nicht mehr hinter dir her, Kumpel? Glaubst du, damit wäre jetzt Schluß? Du hast dir nur eine sichere Nacht erkauft, mehr nicht.«

»Sie meinen . . .«

»Klar. So wie ich das sehe, schulden wir dir einen Job . . . richtig, Fong?«

Buddha nickte hinter der Strumpfmaske.

Ich sah, wie er darüber nachdachte.

»Wann würden Sie es tun?« fragte er schließlich.

»Heute abend.«

»Und das war's?«

»Sag es ihr«, sagte ich und gab ihm das Telefon.

5 Giftmüll blubberte aus seinem Mund, harte, bösartige Häßlichkeit über die Telefonleitung. Als er ihr erzählte, daß ihr kleines Komplott nach hinten losgegangen war. Daß er sie früher genommen hatte und immer wieder nehmen würde.

»Hörst du mir zu, Fotze? Dir ist klar, wie es jetzt aussieht? Ich bin gleich bei dir, du Miststück. Und wenn ich mit dir fertig bin, dann kommst du wieder zurück. Auf den Knien. Ich werd' dir wieder meinen Stempel aufdrücken, du . . .«

Er legte auf, schweißgebadet, leckte sich die Lippen.

Ich nickte Buddha zu. Eine kräftige Hand legte sich wie eine Schraubzwinge von hinten um den Hals des Mannes, als ich die Nadel hineingleiten ließ.

6 Sekunden später war er weg. Behutsam verklebte ich seine Hand zur Faust und sah zu, wie Buddha den Ellbogen des Mannes in die Hand nahm, das Handgelenk mit der anderen festhielt . . .

und sie auf die gläserne Schreibtischplatte schlug, bis die Knöchel aufgeschürft und geschwollen waren. Aus meinem Rucksack nahm ich das Wachsmodell einer Frauenhand, die langen falschen Nägel mit dem leuchtend roten Nagellack schimmerten im Licht. Ich hielt die Wachshand und zog eine lange, tiefe Schramme über die Wange des Mannes.

7 Im Auto wischte ich mir mit einem Erfrischungstuch die Drachentätowierung von der Stirn. Buddha zog die Strumpfmaske ab, nahm die Gummistücke aus dem Mund, zog die unförmige Jacke aus und verlor fünfzig Pfund. Nirgendwo waren unsere Fingerabdrücke.

Eine Stunde später waren wir bei ihr.

»Haben Sie alles?« fragte ich.

Sie nickte, deutete auf das an ihr Telefon angeschlossene Tonbandgerät.

Sie spreizte die Hände. Rührte sich nicht, als ich die falschen roten Nägel anbrachte.

Ich ohrfeigte sie, fest. Ihre Augen begannen zu funkeln, mich zu beobachten, klar zu sehen. Gut.

»Er ist vor ungefähr einer halben Stunde hergekommen. Sie haben die Tür geöffnet, nicht mit ihm gerechnet. Er hat Sie in den Bauch geboxt. Sie sind hingefallen. Er hat Sie ins Gesicht geschlagen, immer wieder, hat Ihnen den Arm so verdreht, daß sie ihn brechen hörten. Sie haben ihm das Gesicht zerkratzt . . . Sie erinnern sich daran, haben gespürt, wie sich ihre Nägel in seine Haut gruben. Tief. Dann hat er Sie wieder geschlagen, bis Sie ohnmächtig wurden.«

»Danke«, sagte sie.

Dann machte ich mich an die Arbeit.

Kidnapping

»He, Buddha, hast du Princess gesehen?« fragte der Riese, seine dreihundertfünfzig Pfund Fleisch versperrten den Eingang zum Hinterzimmer des Red 71 Billardsaals. »Er ist gestern nacht nicht zurückgekommen.«

»Vielleicht hat er Glück gehabt«, meinte der kleine, untersetzte Mann und schaute kurz von dem weißen Tischtuch auf, das er auf einem improvisierten Schreibtisch ausgebreitet hatte, einer über zwei Sägeböcken gelegten massiven Tür. Auf dem Tischtuch lagen die Einzelteile einer automatischen Pistole. »Selbst ein Irrer wie Princess braucht's ab und zu mal.«

»Was hast du eigentlich für ein Problem mit Princess?« fragte der Riese. »Er meint's nicht böse – das weißt du.«

»Er ist wie ein kleines Kind, Rhino«, antwortete der stämmige Mann. »Ein kleines Kind, das rumspielt. Ich bin ein Profi – genau wie du. Tatsache ist, ich verstehe einfach nicht, warum Cross . . .«

»Wenn du's wissen willst, warum fragst du ihn nicht?« erwiderte der Riese. Seine Stimme war ein unpassendes, hohes Quieken.

»Immer mit der Ruhe, Mann«, sagte Buddha. »Weshalb machst du dir Sorgen? Ist doch bestimmt nicht das erste Mal, daß er nicht aufkreuzt.«

»Doch, ist es«, erwiderte der Stämmige. »Sonst hat er immer eine Nachricht hinterlassen.«

»He, das ist ein erwachsener Mann«, sagte Buddha behutsam.

»Nein«, sagte der Riese und schüttelte traurig den Kopf. »Du hast recht – er ist ein großes Kind.«

Rhino schaute sich kurz um. »Ist Cross hier irgendwo?«

»Irgendwo«, erwiderte Buddha. »Entweder ist er oben auf dem Dach und spielt mit seinen blöden Vögeln, oder er ist unten im Double X und prüft eine neue Lieferung.«

»Ich geh nachsehen«, sagte der Riese. »Vielleicht hat er . . .«

»Du hast Dienst, stimmt's?« fragte Buddha freundlich. »Was ist, wenn jemand kommt? Ich hab nichts zu tun – laß mich nachsehen, ob ich ihn aufstöbern kann.«

»Danke, Buddha«, sagte Rhino und gab die Tür frei.

Buddha setzte die Pistole schnell zusammen, ließ sie in sein Schulterhalfter gleiten, knöpfte die khakifarbene Armeejacke zu und verschwand durch eine andere Tür.

Buddha nahm das hintere Treppenhaus und öffnete mit einem Schlüssel die verstärkte Stahltür. Die Stockwerke waren unbewohnt, das Gebäude wurde in den städtischen Computern schon lange als »leerstehend« geführt – und war als einziges in diesem Viertel der Abrißbirne entkommen. Der Besitzer des scheinbar verlassenen Hauses war eine Firma. Ihre Vorstandsmitglieder hatten Mitte bis Ende der 80er Jahre konsequent alle Kaufangebote abgelehnt. Es hieß, die Firma hätte sich selbst ausgetrickst, weil sie während des Yuppie-Booms auf einen höheren Preis spekuliert hatte. Ein Investor hatte die anderen Häuser abgerissen, die Grundstücke für Neubauten vorbereitet und war dann pleite gegangen – jetzt war das Gebäude wertlos und von einem riesigen Ödland voller Abfall und Schutt umgeben. Die

Besitzer des letzten Hauses hatten es während der Abrißphase mit einem Maschendrahtzaun umgeben, der von Nato-Draht gekrönt war. Jetzt schützte der Zaun nur noch Gerümpel.

Buddha kletterte aufs Dach und sinnierte, wieso man als Mitbesitzer eines Stadthauses nicht automatisch zum Mogul wurde. Der Billardsaal im Keller war die einzige Einnahmequelle und brachte kaum genug ein, um die Steuern zu bezahlen. »Unsere Zentrale muß uns gehören«, hatte Cross vor Jahren der Crew gesagt. »Ganz legal. Nur so können wir jeden Quadratzentimeter schützen.« Jedes Mitglied hatte was beigesteuert, aber auf dem Papier gehörte Buddha das ganze Ding – er war der einzige mit einer bürgerlichen Identität, komplett mit Adresse in den Vororten und Stelle als Chauffeur. Jedes Jahr gab er eine Steuererklärung ab. Kassierte sogar eine Invalidenrente vom Staat für eine Verwundung, die er sich in Vietnam geholt hatte. Wenn er starb, würde das Gebäude an seine Frau und Kinder übergehen – er war der einzige in der Crew, der Erben hatte.

Buddha öffnete die Tür zum Dach und trat vorsichtig hinaus, sondierte das Terrain, ließ seinen Blick über eine Holzkiste wandern, die aussah wie achtlos hingeworfen. Buddha bewegte sich vorsichtig, erwies der Kiste den gleichen Respekt wie früher den Dschungelpfaden in Vietnam. Ein Vogelkopf tauchte plötzlich aus der Mitte der Kiste auf. In seinen gelben Augen schimmerte Boshaftigkeit. »Reg dich nicht auf«, sagte Buddha leise. »Ich suche nur Cross – ich laß dich in Ruhe.«

Die Vogelaugen verfolgten jede Bewegung Buddhas. Der Vogel schlug kurz mit den Flügeln, als wollte er davonfliegen. Buddha bemerkte den blauen Klecks auf den Flügeln. Es war das Männchen des Turmfalkenpärchens, das Cross auf dem Dach hielt. Die Turmfalken waren kleine Vögel, keine dreißig Zentimeter groß, einschließlich der langen, stabilisierenden Schwanzfedern, aber sie waren grimmige, erbarmungslose Stukas. Andere Vögel suchen sofort Schutz, wenn die Schatten der Turmfalken den Himmel verdunkelten. Turmfalken sind mit unglaublichen Augen und einer ehrfurchtgebietenden Geschwindigkeit beim Sturzflug gesegnet – die Pitbulls der Lüfte.

Überzeugt, daß Cross nicht auf dem Dach war, zog sich Buddha vorsichtig wieder zur Treppe zurück, dann schloß er leise die Dachluke hinter sich.

Das Double X besaß das übliche LIVE GIRLS!-Schild, blutrotes Neon vor geschwärzten Fensterscheiben. Buddha öffnete die Tür, war froh über die Klimaanlage. Der Rausschmeißer begrüßte Buddha mit einem angedeuteten Nicken. Er war nicht so dumm, Eintritt zu verlangen – auf dem Papier war Buddha der Besitzer auch dieses Schuppens. »Wir brauchen einen Ort, wo wir uns mit Leuten treffen können – einen Ort, den wir kontrollieren«, hatte Cross argumentiert.

»Du stehst auf Oben-ohne-Tänzerinnen, das ist deine Sache«, hatte Rhino darauf erwidert. »Warum sollen auch wir was dazugeben?«

»Der könnte richtig Geld einbringen«, sagte Cross.

»Lieber würde ich tun, was wir tun – stehlen«, antwortete Rhino. »Keine Ahnung, wie man einen gottverdammten Stripper-Laden leitet.«

»Ich kann jemanden besorgen, der das übernimmt«, sagte Cross. »Ich sag euch was – wenn der Laden in sechs Monaten kein Geld abwirft, zahle ich euch aus. Abgemacht?«

»Komm schon, Rhino. Wär doch witzig«, bettelte Princess.

Der Riese willigte zögernd ein, schüttelte über seine eigene Dummheit den Kopf. Aber nach einem stürmischen Anfang fuhr der Laden inzwischen ordentlich Geld ein. Es sprach sich schnell herum – wer im Double X tanzte, mußte sich keine Sorgen machen, daß Gäste außer Kontrolle gerieten. Und wer Probleme mit dem Freund hatte, für den war der Laden ein absolut sicherer Hafen. »Der hat angefangen!« so erklärte Princess den anderen, warum er dem Freund eines der Mädchen den Schädel eingeschlagen hatte, als dieser sie nach einem Auftritt verprügelte. Auch Rhino hatte ein paar Wochen im Lokal gearbeitet – um seinen Anteil zu schützen, wie er behauptete. Bruno, der Rausschmeißer, den sie jetzt hatten, war ein berüchtigter Schläger, der schon zwei lange Gefängnisstrafen wegen Totschlags hinter sich hatte. Aber verglichen mit dem Duo Rhino-Princess, war er für die Gäste der reinste Teddybär.

Keines der Mädchen wurde für ihre Arbeit im Club bezahlt. Sie mieteten »Raum« vom Management und durften ihre »Tips« behalten. Der Eintritt und der gestreckte Alkohol hielten das Management in den schwarzen Zahlen. Der Barkeeper war ein kleiner, gedrungener Mexikaner, den alle unter dem unpassenden Namen »Gringo« kannten. Als Ex-Boxer war er immer noch schnell mit den Händen. Mit der .357er Magnum, die er unter der Theke aufbewahrte, war er sogar noch schneller, wie zwei Möchtegernräuber im vergangenen Jahr herausgefunden hatten. Die Sache war ganz einfach: Sieh zu, wie du zum Double X kommst, und park dein Auto auf eigene Gefahr. Aber wenn du erst mal drin bist, dann bist du so sicher wie in der Kirche. Sicherer noch, wenn man den Geschichten über das hiesige Erzbistum Glauben schenken konnte.

Buddha fand Cross an seinem Tisch in einer Ecke der Bar, von wo aus er eine fast nackte Brünette beobachtete, die für drei Anzugtypen auf dem Tisch tanzte.

»Was gibt's, Boß?«

»Immer dasselbe«, erwiderte Cross.

»Rhino sagt, Princess ist verschwunden. Er macht sich fürchterliche Sorgen wegen diesem Bekloppten – wollte mit dir reden. Er hat Dienst, da bin ich her. Hast du ihn gesehen?«

»Nein«, sagte Cross und drückte eine Zigarette in dem schwarzen Glasaschenbecher aus. Das verräucherte Licht in der Bar war gerade hell genug, daß die Zielscheibentätowierung auf Cross' Handrücken zu erkennen war.

»Aha. Naja, er ist ja sowieso ein beschissener Spinner, stimmt's? Ich meine, ich wüßte nicht, warum du . . .«

»Das reicht«, sagte der mittelgroße Mann. »Princess ist einer von uns. Klar, er ist eine totale Knallschote. Aber man kann sich hundertprozentig auf ihn verlassen, vergiß das nicht. Jeder in dieser Crew hat einen Grund, warum er dabei ist.«

»Und was ist seiner?« maulte Buddha.

»Das weiß ich noch nicht«, antwortete der Mann namens Cross. »Aber ich werd's rauskriegen.« Er steckte sich die nächste Zigarette an, inhalierte tief und legte sie in den Aschenbecher. »Hier arbeitet ein neues Mädchen – sie tritt in etwa einer

Stunde auf. Danach komme ich rüber in den Billardsaal.«

Sechs Stunden später saß ein älterer Mann mit grünem Augenschirm hinter der ramponierten Holztheke am Eingang zum Billardsaal, hatte die Beine hochgelegt und schaute auf einen kleinen Schwarzweißfernseher. Ein großer, gutaussehender Latino in auffälligem rosa Seidensakko über weiten schwarzen Seidenhosen kam herein. Er klopfte mit der Unterseite eines schweren Goldrings auf die Theke. Nach einem Moment schob der ältere Mann den Augenschirm zurück und drehte sich um. »Was?« fragte er.

»Ich habe eine Nachricht für Cross«, erwiderte der Latino.

»Für wen?« fragte der ältere Mann und schaute verwirrt.

»Cross. Du weißt schon. *El jefe* hier, stimmt's?«

»Ich spreche kein Italienisch«, erwiderte der Ältere.

»He, Alter, ich habe keine Zeit für deinen beschissenen Humor, klar? Gib ihm das hier«, sagte er und schob ein gefaltetes, quadratisches Stück weißes Papier über die Theke.

Der ältere Mann ignorierte den Zettel, zog statt dessen seinen Augenschirm zurecht und richtete seine Aufmerksamkeit wieder auf den Fernseher. Der Latino machte auf dem Absatz kehrt und ging.

Im Hinterzimmer faltete Cross das Papier auseinander. Er sah das Schreiben einen Augenblick an, dann sagte er: »Buddha, sieh dir das mal an.«

Der kurze Brief war in einer ausladenden, serifenbetonten Handschrift und offensichtlich mit Füllfederhalter geschrieben.

Wir haben El Maricon. Wir wissen, daß er zu euch gehört, und wir wissen auch, woher du ihn hast. Wenn du ihn wiederhaben willst, mußt du HEUTE vor Mitternacht 977-456-5588 anrufen. Falls du nicht anrufst, bekommst du als nächstes ein Päckchen mit dem Kopf von El Maricon.

»Die haben Princess«, sagte Cross.

»Klingt nicht so, als wüßten die, was sie tun, egal, wer *die* sind«, überlegte Buddha laut. »Ich meine, Princess tut so und alles, aber doch nur, um Schlägereien anzuzetteln – der ist genauso homosexuell wie ein beschissener streunender Kater.«

»Wenn es die Leute sind, die ich vermute, dann wissen sie, was sie tun. Das Licht ist angegangen«, sagte er und nickte in Richtung einer nackten roten Glühbirne, die an einem Kabel von der Decke hing. »Und Rhino ist abgeschwirrt. Vielleicht weiß er was, wenn er zurückkommt.«

»Was wollen die, Boß?« fragte der stämmige Mann.

»Geld oder Blut«, antwortete Cross und schloß die Augen.

»Er ist einfach durch die Gegend gefahren«, erzählte Rhino Cross später. »Schickes Auto. Ein roter Ferrari, verdammt – den hätte ich nicht mal dann verloren, wenn ich's gewollt hätte. Aber er ist nur rumgefahren. Irgendwann ist er dann in einer Tiefgarage verschwunden – in einem Hochhaus am Wasser. Keine Ahnung, ob er dort wohnt – die Garage ist für alle offen.«

»Wieso bist du zurückgekommen?« fragte Cross.

»Fal ist an ihm dran. Ich hab ihn übers Handy verständigt.«

»Das hat der Bursche in dem Ferrari wahrscheinlich auch gemacht«, sagte Cross. »Siehst du den Brief? Die Nummer, die ich anrufen soll, ist auch eine Handynummer.«

»Scheiße! Wenn ich das gewußt hätte ...«

»Mach dir deswegen keine Gedanken. Jedem zu folgen, der herkommt und nach mir fragt, ist doch reine Routine, stimmt's? Du warst schon weg, als der Brief hier oben ankam. Vielleicht kriegt Fal was heraus.«

»Wenn ich diesen Kerl wiederfinde, erzählt er uns – und zwar alles, was wir wissen wollen«, brummte der Riese.

»Wenn es stimmt, was ich vermute, dann ist der Kerl in dem Ferrari nur ein aufgedonnerter Laufbursche.«

»Was glaubst du? Wer steckt dahinter? Wer will sich ausgerechnet Princess greifen?«

»Riecht nach Muñoz«, sagte Cross und steckte sich eine Zigarette an. »Und riecht ziemlich übel.«

Zehn Uhr. Cross trat auf das dunkle Dach des Gebäudes Red 71. Er machte einen kurzen Rundgang über das Dach, ignorierte die große Holzkiste mit der runden Öffnung an der Seite. Zufrieden zog er ein Funktelefon aus der Tasche und tippte eine Nummer ein.

»Ja?« meldete sich eine Stimme mit starkem spanischen Akzent.

»Ich bin's«, sagte Cross.

»Wir haben deinen Jungen. Und wir haben ein Geschäft für dich.«

»Ich höre.«

»Einen Job, den du für uns erledigen mußt. Das ist alles. Nur ein Job. Wenn du's machst, kriegst du deinen Jungen zurück.«

»Ich höre immer noch.«

»Nicht über diese Leitung – das weißt du doch. Wir brauchen eine sichere Verbindung.«

»Wann und wo?«

»Da ist eine Telefonzelle. Gleich am Drive. Du weißt, wo die Michigan Avenue diese große Kurve macht? Über den Drive weg, auf der anderen Seite, findest du eine Telefonzelle. Auf die Seite ist ein großer, roter Kreis gesprayt. Geh dorthin, morgen früh, bei Tagesanbruch. Da wirst du von uns hören«, sagte die Latinostimme und unterbrach nach dem letzten Wort die Verbindung.

Cross sah Rhino an. »Stimmt, es ist Muñoz«, sagte er. »Das letzte Mal hat wohl noch nicht gereicht.«

5:45 Uhr morgens. Die unauffällige, aber doch irgendwie bedrohlich wirkende haigraue Limousine glitt über die Michigan Avenue, Buddha saß am Steuer. Cross entdeckte die Telefonzelle. In der Nähe stand ein etwa zwanzigjähriger Schwarzer im letzten Schrei der Gangstah-Mode – an den Füßen blendend weiße, hohe Turnschuhe, auf dem Kopf Baseballkappe mit großem X, den Schirm zur Seite gedreht. Der Schwarze ging in winzigen Kreisen, schaute auf einen Pieper in seiner Hand. Zwei Leute aus seiner Posse lehnten lässig an einem schwarzen Jeep Cherokee.

Cross stieg aus dem haigrauen Wagen und ging schnell auf die Telefonzelle zu.

»Arschloch, vergiß es«, knurrte der Anführer. »Das ist *mein* Telefon. Such dir ein anderes, Mann – das hier brauch ich.«

Cross drehte sich so, daß er mit dem Rücken zur Telefonzelle stand, und zog in derselben Bewegung eine schwarze Halbautomatik aus der Jacke. »Ich auch«, sagte er ruhig.

Der Anführer warf seiner Truppe einen kurzen Blick zu, bemerkte jetzt zum ersten Mal, daß sie die Hände in der Luft erhoben hatten. Buddha stand schräg vor ihnen, die drei bildeten ein Dreieck. Die Glock schien sich in Buddhas Hände zu schmiegen.

»Ist nichts Persönliches«, erklärte Cross dem Anführer ruhig. »Wie du gesagt hast, das ist dein Telefon. Ich warte auf einen wichtigen Anruf, okay? Sobald das erledigt ist, kriegst du dein Telefon zurück. Alles klar?«

»Ja, Mann, alles klar«, sagte der Anführer mit Blick auf die Pistole.

»Aber ich muß bei meinem Anruf ungestört sein, okay?«

»Schon gut, Mann. Dreh nicht gleich durch. Wir machen 'ne Fliege, okay?«

»Danke«, sagte Cross.

Der Anführer zog sich langsam zum Jeep zurück. Er rutschte hinters Steuer, behielt die Hände in Augenhöhe. Die beiden anderen stiegen hinten ein. Der Jeep fuhr mit kreischenden Reifen davon.

Cross stellte sich neben die Telefonzelle, vergewisserte sich, daß der große rote Kreis an der Seite war. Er nahm den Hörer ab, lauschte auf das Amtszeichen, um sicherzugehen, daß der Apparat auch funktionierte, legte sofort wieder auf. Cross steckte sich eine Zigarette an, nahm einen tiefen Zug.

Es herrschte noch wenig Verkehr. Die Partybesucher waren von der Straße verschwunden und die Pendler noch nicht unterwegs. Cross nahm den zweiten Zug von seiner Zigarette, schnippte sie dann fort.

Der Himmel wurde heller. Cross und Buddha

sprachen nicht, rührten sich nicht von der Stelle. Eine schimmernde, grau-weiße Taube stieß nieder und landete auf der Telefonzelle. Cross betrachtete die Taube – sie war anders als die geflügelten Ratten, die einfach überall die Stadt überschwemmten. Diese hier hatte zwar den charakteristischen kleinen Kopf, kurzen Hals und plumpen Körper, aber ihre Haltung war beinahe königlich. Cross nickte stumm, als er das winzige Röhrchen an einem Bein der Taube entdeckte. Er näherte sich vorsichtig, aber die Taube zeigte keinerlei Scheu. Cross griff hinauf und streichelte die Taube, zog sie sanft an seine Brust. Er öffnete das Röhrchen und zog ein kleines, zusammengerolltes Stück Papier heraus. Die Taube flatterte einmal mit den Flügeln und hüpfte wieder auf die Telefonzelle.

Cross rollte den Zettel auseinander, den Blick konzentriert auf die winzige, klare Handschrift:

> *Wir sind beide Profis. Wir müssen ein Treffen arrangieren, das für beide sicher ist. Wir werden nicht zu dir kommen, und du weißt nicht, wo wir sind. Wir treffen dich morgen mittag auf der State Street im Nostrum's, dem Straßencafé. Du weißt bestimmt, wo das ist. Wenn du kommst, dann nur allein. Schreib deine Antwort auf diesen Zettel.*

Cross nahm einen Filzstift aus der Jacke, kritzelte das Wort »Ja« unter die Nachricht und schob das Stück Papier zurück in das Transportröhrchen. Der Vogel putzte sich einige Sekunden und flog dann los, schraubte sich mit kräftigen Flügelschlägen in den Himmel.

Später am gleichen Abend hatte sich die Crew im Keller von Red 71 versammelt.

»Du bist vorbei, oder? Wie sieht's aus?« wollte Cross von Buddha wissen.

»Mir gefällt das nicht, Boß. Die Tische stehen alle draußen, ziemlich weit auseinander. Das Café liegt nur fünf, sechs Meter von der Straße entfernt. Ich glaube, vom fahrenden Auto aus können sie nicht auf dich schießen ... jedenfalls nicht, ohne eine Menge Leute zu treffen. Aber sie können einfach vorbei *gehen* und es tun. Du würdest es nicht früh genug mitbekommen.«

Cross wandte sich dem Riesen zu, der an der Wand lehnte und zuhörte. »Rhino?«

»Das Dach auf der anderen Straßenseite ist noch schlimmer. Es komplett zu sichern, ist unmöglich. Fal meint, raufzukommen wäre kein Problem. Aber es könnte sein, daß er nicht der einzige Spieler dort oben ist.«

Cross zeichnete eine Reihe sich überschneidender Linien auf den Block vor sich, hielt die Augen gesenkt. Er nahm zwei Züge von einer Zigarette, bevor er sie ausdrückte.

»Die Frage ist doch die ... Wer von ihrer Seite kommt zum Treffen? Falls es Muñoz selbst ist, dann muß er wissen, daß wir ihn ausschalten können, wenn er uns linken will. Wenn's irgendein Laufbursche ist, wird ihm das egal sein.«

»Also ...?« hakte Buddha nach.

»Also folgendes: Wir postieren Fal auf dem Dach, lassen ihn dort. Ace übernimmt den Bürgersteig. Ich glaube, sie wissen nicht, daß er zu uns gehört – er war damals bei der Aktion nicht dabei. Buddha, du besorgst dir irgendwo ein Taxi, in Ordnung? Du fährst vorbei. Kurze Runden, okay? Rhino sitzt auf dem Rücksitz.«

»Aber was ist, wenn sie . . .?«

»Hör zu, Buddha, jetzt kommst du ins Spiel. Ich werde genau um zwölf dort aufkreuzen, wie sie gesagt haben. Sehe ich Muñoz an einem Tisch, setze ich mich zu ihm. Wenn du siehst, daß ich mich nicht hinsetze, sind sie hinter mir her – dann bereite dich darauf vor, mir Feuerschutz zu geben.«

»Meinst du, das steckt dahinter? Ist es was Persönliches?« fragte Buddha.

»Könnte sein«, erwiderte Cross. »Muñoz war schon immer labil.«

Am nächsten Tag verließ Cross um 11 Uhr 56 die U-Bahnstation State Street und ging Richtung Osten. Es war 11 Uhr 59, als er in Sichtweite des Nostrum's kam, und ein paar Sekunden vor 12, als er einen Mann allein an einem Tisch sitzen sah und wiedererkannte. Die Hände offen an den Seiten, behielt Cross im Näherkommen nur diesen Mann im Auge.

Cross nahm einem Mann mit kupferfarbenem Teint gegenüber Platz, der sein dichtes Haar nach hinten gekämmt und zu einem Pferdeschwanz gebunden hatte.

»Cross«, sagte der Mann, ohne die Hand zum Gruß auszustrecken.

»Muñoz«, erwiderte Cross.

»Guten Tag, meine Herren«, sagte eine Stimme. Beide Männer starrten sich unverwandt an. »Mein Name ist Lance. Ich bediene Sie heute«, fuhr die Stimme fort. »Als Tagesgericht haben wir heute Spinatsalat mit einer milden Vinaigrette, dazu . . .«

»Klingt ausgezeichnet«, sagte Muñoz, sein Englisch hatte einen vornehmen kastilischen Akzent.

»Bringen Sie uns das zweimal. Aber vorher ... Haben Sie Ron Rico?«

»Ja, haben wir«, erwiderte der Kellner. »Wenn ich aber statt dessen vorschlagen dürfte ...«

»Einen doppelten für mich«, schnitt ihm Muñoz das Wort ab. »Und für meinen Freund ...«

»Wasser«, sagte Cross.

»Wir haben Evian, Perrier und außerdem ein neues ...«

»Einfach Wasser«, sagte Cross.

Der Kellner stolzierte davon. »Ich hasse sie«, sagte Muñoz.

»Wen?« fragte Cross.

»Maricons. Du weißt, was ich meine. Du mußt es wissen. Immerhin ist einer von deiner Mannschaft...«

»Willst du damit sagen, Princess einzukassieren, war kein Problem?« fragte Cross ausdruckslos.

»Mio dios, no!« Muñoz lächelte. »Der ist allerdings ein harter Mann, auch wenn er eigentlich kein Mann ist. Er hat zwei meiner besten Leute außer Gefecht gesetzt. Mit seinen bloßen Händen. Ich habe eine Pistole auf ihn gerichtet, aber er hat nur gelacht. Wenn Ramón nicht geschossen hätte, würden wir immer noch ...«

»Ihr habt auf ihn geschossen?« fragte Cross mit sanfter Stimme.

»Mit einem Beruhigungspfeil, amigo. Wie man ihn für einen tollwütigen Hund benutzt. Sogar mit dem Serum im Blut hat er nicht aufgehört zu kämpfen. Ich frage mich, wie so ein Mann ...«

»Was willst du?« unterbrach Cross, ohne Ungeduld in der Stimme.

»Das habe ich dir schon gesagt, hombre. Ich möchte, daß du einen Job für uns erledigst. Dann bekommst du deine Ware zurück.«

»Was für einen Job?«

»Siehst du das hier?« fragte Muñoz und schob einen winzigen Mikrochip über die marmorne Tischplatte.

Cross berührte den Chip nicht. »Und?«

»Das brauchen wir. Paß auf«, sagte Muñoz. Er nahm den Chip zwischen Daumen und Zeigefinger jeder Hand und zog ihn auseinander, ein männlicher und ein weiblicher Stecker wurden sichtbar. »Den hier haben wir«, sagte er und hielt das männliche Stück hoch. »Das andere, das Gegenstück, hat jemand anderes.«

»Wer hat's?«

»Immer gleich zur Sache, was? Kennst du Humberto Gonzales? Er operiert aus einer Reihe miteinander verbundener Wohnungen in den Slums.«

»Bin ihm nie persönlich begegnet.«

»Okay, klar. Wir sagen dir, wo er ist, und du nimmst ihm unser Eigentum ab.«

»Wie kannst du sicher sein . . .?«

»Er hat es immer bei sich, Cross. Immer am Körper. Er hat niemanden, dem er es anvertrauen könnte. Aber wir haben sehr gute Informanten. Wir wissen genau, wo an seinem rechten Arm wir suchen müssen.«

»Verstehe ich nicht.«

»Auf seinem rechten Arm, genau hier«, sagte Muñoz und klopfte auf seinen rechten Bizeps. »Er hat eine große Tätowierung. Ein tanzendes Mädchen. Sehr hübsch. Der Chip ist irgendwo unter der Tätowierung. Implantiert. Saubere chirurgische Arbeit. Wenn du ihn erledigt hast, brauchen wir den Arm. Du bringst ihn, und dein Auftrag ist erfüllt.«

»Nichts zu machen.«

»Was soll das heißen, ›nichts zu machen‹? Warum sagst du das?«

»Ich schicke keinen gottverdammten Arm mit der Post – du würdest mir ja wohl kaum eine Adresse geben. Und ich treffe mich nicht mit dir zur Übergabe. Schick deine Brieftaube – wenn der Chip nur so groß ist, dürfte er problemlos in das kleine Röhrchen passen«, sagte Cross und deutete auf den Mikrochip auf dem Tisch.

»Guter Plan, hombre. Sobald unser Vogel zu Hause ist, lassen wir deinen Mann ... oder was immer er ist ... laufen.«

»Was ist auf dem Chip?« fragte Cross.

»Das geht dich nichts an, mein Freund.«

»Dann such dir einen anderen für den Job.«

»Ich glaube, du verstehst nicht ganz ...«

»Doch, ich verstehe sehr gut. Was ist auf dem Chip?«

Muñoz rieb sich das Kinn. Cross steckte eine Zigarette an und nahm einen tiefen Zug. Eine lange Minute verstrich. Cross nahm den nächsten Zug und drückte die Zigarette aus. Der Kellner kam, zwei Gläser auf einem Tablett. »Bitte sehr, Gentlemen. Ihr Salat kommt in ein paar Minuten.«

Muñoz scheuchte ihn mit einer Handbewegung fort und beugte sich vor, sah Cross fest in die Augen. »Herrera hatte ein paar Dutzend Verstecke, wo er Geld gebunkert hat. Geld und Ware. Er und ich waren Partner. Er hat mir die eine Hälfte des Mikrochips gegeben – der funktioniert aber nur mit seiner Hälfte. Herrera hatte ein Problem. Er hat dich dafür bezahlt, ein gewisses Buch wiederzubeschaffen. Danach habe ich nichts mehr gehört, bis ich erfuhr, daß Herrera in die Luft gejagt worden ist. Sein Wagen, sein Leibwächter ... alles zerfetzt. Ich nehme an, du bist dafür bezahlt worden. Zweimal. Ich weiß jetzt, daß Humberto den Chip hat. Er und Herrera müssen stille Partner gewesen sein, aber Partnerschaften bedeuten so einem Wilden nichts – ich vermute, er hat dich bezahlt, damit du Herrera ausschaltest. Humberto und ich bekriegen uns schon seit Monaten. Es wirbelt langsam zuviel Staub auf. Die Zeitungen schnüffeln rum. Auf beiden Seiten gab es mehrere tote Soldaten, aber wir haben einen Mann in seiner Truppe. Daher weiß ich, wo er den Chip aufbewahrt. Jeder ist nichts ohne den anderen, aber bei unseren Verhandlungen ist nichts herausgekommen. Und genau da kommst du ins Spiel. Ich will zurück über die Grenze, aber vorher muß ich sämtliche Verstecke kennen.«

»Was springt für mich dabei raus?« fragte Cross.

»Für dich? Was für dich dabei rausspringt? Ich hab's dir doch schon gesagt ... du kriegst El Maricon zurück.«

»Du hast einen ausgeprägten Sinn für Humor, Muñoz. Von mir verlangst du ziemlich riskante Dinge, ich soll dir was besorgen, das für dich Millionen wert ist ... und als Gegenleistung bietest du einen Kriegsgefangenen an? Das rechnet sich nicht.«

»Dieser Princess ... das ist dein Mann. Wir haben ...«

»Du hast einen Soldaten. Einen Soldaten, der genau Bescheid wußte, als er eingestiegen ist. In unserem Land gibt es keinen Patriotismus, Kumpel. Ich nehme eine halbe Million. In bar. Und Princess. Dafür bekommst du deinen kleinen Chip.«

»Du wirst mir doch vertrauen, daß ...«

»Bleib auf dem Teppich. Ich vertraue dir, daß du

Princess laufen läßt – du hast nichts davon, wenn du ihn umlegst. Aber die Kohle ... nee. Du schickst einen Mann. Deinen Mann, okay? Du beschreibst ihm, wie der Chip aussieht. Sag's nicht mir – dann weißt du, daß du die richtige Ware bekommst. Dein Mann steckt den Chip in das Röhrchen der Taube. Der Vogel schwirrt ab, und dein Mann gibt uns das Geld. Wir halten ihn fest, bis Princess da ist. Verstanden?«

»Was hindert dich daran, meinen Mann umzubringen und das Geld zu behalten? Und den Chip?«

»Mir nützt der Chip nichts. Ich will das Geld. Und ich will, daß du wieder über die Grenze verschwindest. Diese Aktion wird ohnehin zuviel Staub aufwirbeln.«

»Ihr Salat, Gentlemen«, sagte der Kellner. »Darf es sonst ...?«

»Nein«, fauchte Muñoz, den Blick immer noch auf seinen Gegner gerichtet. Schließlich schob er Cross ein zusammengefaltetes Stück Papier zu. »Steht alles drauf. Alles, was du wissen mußt. Erledige es schnell.«

Cross steckte sich eine Zigarette an, ignorierte den Salat und steckte Muñoz' Zettel ein. Dann beugte er sich leicht vor und senkte ein wenig die Stimme. »Du bist Profi«, sagte er. »Genau wie ich. Wir wissen beide, wie solche Dinge erledigt werden. Geld ist Geld. Geschäft ist Geschäft. Ich besorge dir deinen kleinen Chip. Du gibst mir mein Geld und läßt meinen Mann laufen, okay?«

Muñoz nickte.

»Du weißt, wie Soldaten sind«, sagte Cross leise. »Im Krieg schaut man nicht so genau hin. Einer ist gut mit Sprengstoff, ein anderer ist ein erstklassiger Heckenschütze, ein dritter ist vielleicht ein ausgezeichneter Spurenleser, stimmt's? Wichtig ist doch nur, was man gerade braucht. Einer der Jungs ist vielleicht ein bißchen durchgeknallt, aber wenn er nicht im Einsatz ist, achtet man nicht zu sehr auf das, was er tut, verstehst du, was ich meine?«

Muñoz nickte und wartete.

»Manche Leute sind dabei, weil es ihnen Spaß macht. Es geht nicht ums Geld – ihnen gefällt die Action. Das gilt nicht für dich und auch nicht für mich. Aber vielleicht hast du solche Jungs. Die was Unprofessionelles tun ... einfach, weil sie es gern tun. Die gibt's überall, stimmt's? Typen, die sich freiwillig melden, um Verhöre durchzuziehen, Vergewaltiger, Brandstifter. Solche gibt's immer, stimmt's?«

»Und?« sagte Muñoz herausfordernd. »Was hat das mit dem zu tun, was ich ...?«

»Du hast meinen Mann geschnappt, hast ihn eingesperrt. Er ist deine Geisel – das verstehe ich. Ich erwarte nicht, daß du ihm Whiskey und Steaks servierst, eine Nutte schickst, wenn er sich einsam fühlt. Das ist in Ordnung. Aber vielleicht hast du Leute, die anderen gern weh tun. Nur so zum Spaß. Das ist nicht professionell.«

»Ja«, sagte Muñoz ungeduldig. »Das weiß ich doch.«

»Herrera hat gern zugeschaut, wie Menschen sterben. Deshalb hatte er diese Käfigkämpfe.«

»Herrera ist Geschichte, amigo. Das solltest du am besten wissen.«

»Es gibt noch andere. Vielleicht hast du ein paar von denen. Was ich dir sagen will, ist: Ich habe auch welche.«

»Warum erzählst du mir das alles? Was meinst du damit?« fragte Muñoz leise, in seiner Stimme ein titanharter, drohender Unterton.

»Mach keine krummen Sachen«, sagte Cross ruhig. »Wenn du dumm bist, bringt's dir nichts. Solltest du Princess verletzen oder umbringen, dann wäre das ein schwerer Fehler. Wenn wir ihn nicht so zurückbekommen, wie du ihn gefunden hast, erwartet dich ein sehr langsamer Tod.«

»Was schulde ich Ihnen?« fragte Rhino den Kellner des Nostrum's. Sie standen an einer Gasse, die auf eine Straße im Herzen des Schwulenviertels führte.

»Sie schulden mir Respekt«, sagte der Kellner. »Ich vergesse nicht, was Princess für uns getan hat. Ich bin ein Mann«, sagte er mit ruhigem Nachdruck. »Ich begleiche meine Schulden.«

»Entschuldigung«, piepste Rhino. »Sollte es je irgend etwas . . .«

Aber der Kellner ging schon weiter.

Im Keller von Red 71 benutzte Cross einen Laserzeiger, um die verschiedenen Teile einer grob skizzierten Straßenkarte zu erläutern, die er an die Wand geklebt hatte.

»Er ist irgendwo hier«, sagte Cross, den dünnen roten Laserstrahl auf eines von vier identischen Hochhäusern gerichtet – Teil der Wohnsilos. »Wir wissen nicht, in welcher Wohnung. Verdammt, wir wissen nicht mal, auf welcher Etage – kann sogar sein, daß er von Zeit zu Zeit umzieht.«

»Geht er nie raus?« fragte Rhino.

»Einmal die Woche. Zum Flughafen. Dort wartet er im Südterminal auf einen internationalen Flug. Jedesmal kommt ein anderer. Humberto trifft sich mit dem, redet etwa eine Stunde mit ihm, dann macht der Bursche kehrt und fliegt mit einer anderen Maschine zurück.«

»Der Kurier muß doch durch den Zoll, oder?« fragte Buddha.

»Ja. Bis dorthin ist es ein isolierter Flughafenbereich. Keiner kann rein oder raus. Aber er bringt keine Ware mit ... zumindest nicht viel. Wenn er den Zoll hinter sich hat, redet er mit Humberto. Das ist alles.«

»Das macht doch keinen Sinn«, sagte Buddha. »Zuviel Zeit und Geld, um abhörsicher zu reden.«

»Ich glaube, darum geht es nicht«, antwortete Cross. »Ich denke, er schmuggelt den Chip rein. So einen« – er hielt den Chip hoch, den er von Muñoz bekommen hatte. »Ob er funktioniert, kann man nur herausfinden, indem man ihn ausprobiert ... aussehen tun sie alle gleich. So wie ich das sehe, hat Herrera doppeltes Spiel getrieben. Er hat versucht, es so einzufädeln, daß sich Humberto und Muñoz gegenseitig umlegen und beide denken, sie wären Herreras Partner, versteht ihr?«

»Und dann?« warf Rhino ungeduldig ein.

»Herrera hat wahrscheinlich haufenweise Chips gebunkert. Vielleicht glaubt Humberto, Muñoz hätte nicht den einzigen. Oder den richtigen. Sie ziehen dieses Verhandlungstheater durch, wollen aber nur Zeit schinden.«

»Er schneidet sich den Chip jede Woche aus dem Arm?« fragte Fal mit unüberhörbarer Skepsis.

»Vielleicht nicht. Vielleicht hat er ein Duplikat. Ich weiß es nicht. Eins ist sicher: Wir müssen ihn am Flughafen abfangen. Es geht um eine halbe Million. Das sind hundert Riesen pro Kopf«, sagte er und schaute sich um.

»Du willst ihn auf dem Flughafen kaltmachen und ihm dort seinen beschissenen Arm abhacken?« fragte Ace sarkastisch.

»Nein. Wir müssen ihn von dort wegschaffen. Ich glaube, ich weiß auch schon, wie. Ich habe was ausgearbeitet. Aber er wird nicht allein dort sein. Am besten schnappen wir ihn uns, wenn er rauskommt. Wenn er in seinen Wagen steigt. Buddha fährt mit einem Krankenwagen dicht ran. Was wir brauchen, ist ein Versteck ... irgendwo nah am Flughafen ... wo wir den Rest erledigen können.«

»Wie kommst du auf hundert Riesen pro Kopf?« fragte Rhino und beugte sich vor; sein Körper beherrschte den Raum.

»Du, ich, Ace, Fal und Buddha«, erwiderte Cross. »Wo liegt das Problem?«

»So wie ich das sehe, steht Princess auch ein Anteil zu.«

»*Princess*? Er ist doch das Genie, das uns diesen Schlamassel eingebrockt hat«, meinte Buddha.

»Stimmt«, erwiderte Rhino. »Dann ist er auch derjenige, der uns quasi den Job besorgt hat.«

»Gib ihm die Hälfte von deinem Anteil«, schlug Buddha vor.

Rhino drehte sich langsam um, richtete seine winzigen Augen auf den kleinen, stämmigen Mann, sagte kein Wort. Ungerührt erwiderte Buddha den Blick.

»Wenn jeder von uns auf ein Zehntel verzichtet, kriegt er einen halben Anteil. Wie wär das?« schlug Fal beschwichtigend vor.

»Von mir aus«, stimmte Ace zu.

Cross nickte.

Buddha zählte langsam bis zehn, dann sagte er: »Scheiß doch der Hund drauf ... in Ordnung.«

Cross pflückte das Funktelefon aus seiner Jackentasche, wo es leise und beharrlich gesurrt hatte.

»Los!« sagte er.

»Er ist drin. Pünktlich.« Fals Stimme, leise, aber deutlich. Die Stimme eines Mannes, der es gewohnt ist, aus der Deckung heraus zu sprechen.

»Hast du seine Karre aufgespürt?«

»Schwarzer Mercedes. Viertürer. S-Klasse. Parkt auf dem Dach. Der Fahrer sitzt noch drin. Wahrscheinlich auf Rufbereitschaft.«

»Find das raus. Mit wie vielen haben wir es zu tun?«

»Einer im Wagen, einer bei der Zielperson.«

»Siehst du Verstärkung?«

»Negativ.«

»Auf geht's«, sagte Cross und unterbrach die Verbindung. Er wendete sich Rhino zu. »Wahrscheinlich rufen sie den Fahrer, wenn sie sich dem Ausgang nähern. Der verläßt das Dach und wartet schon, wenn sie rauskommen. Du übernimmst den Leibwächter, ich übernehme Humberto. Ace fährt mit Buddha – der Fahrer ist ihre Aufgabe. Wir fahren Kolonne beim Abhauen, treffen uns in der Billardhalle, falls wir getrennt werden.«

Rhino nickte. »Glaubst du wirklich, daß das Ding da funktionieren wird?« fragte er und richtete den Zeigefinger mit der fehlenden Kuppe auf etwas, das aussah wie eine ausgesprochen unhandliche Pistole – statt eines Knaufs hatte die Pistole einen langen, schmalen Stahlbehälter.

»Das ist Freon«, sagte Cross. »Wie es auch in Klimaanlagen verwendet wird. Das macht das Projektil ordentlich schnell. Und es ist absolut geräuschlos.«

»Damit haben wir aber nur einen Schuß.«

»Mehr als einen brauchen wir nicht.«

»Wieso knallen wir diesen Arsch nicht einfach ab? Wozu brauchen wir ihn lebend?«

»Weil Muñoz ihn tot sehen will«, sagte Cross. »Und er hat uns nur für einen Arm bezahlt, nicht für einen ganzen Körper.«

Das Telefon surrte wieder. Cross riß es ans Ohr. »Was?«

»Bewegung«, sagte Fals Stimme.

»Wer?«

»Alle. Ich auch. Ihr habt zwanzig Minuten, höchstens.«

»Bis später«, sagte Cross und deutete mit einem Finger auf die Windschutzscheibe. Rhino drehte den Zündschlüssel des haigrauen Wagens, legte einen Gang ein. Cross tippte eine Nummer ins Telefon.

»Los!« war alles, was er sagte, als sich am anderen Ende jemand meldete.

Humberto stand auf dem breiten Bürgersteig, sein breitschultriger Leibwächter neben ihm, und klopfte ungeduldig mit dem Fuß. Der Leibwächter entdeckte den heranrollenden Mercedes, trat vor und wollte die hintere Tür öffnen. Cross trat aus dem Schatten einer dicken Betonsäule und hob die Freon-Pistole. Im Fallen riß Humberto die Hand an die rechte Hüfte. Der Leibwächter wirbelte gerade rechtzeitig herum und fing ein .22er Hohlmantelgeschoß mit dem Nasenbein auf. Rhino steckte die schallgedämpfte Pistole weg und stürmte los, als der Krankenwagen am Bordstein hielt. Der Fahrer des Mercedes versuchte, durch die dunkel getönte Seitenscheibe etwas zu erkennen, als sich sein Hinterkopf schlagartig in Tomatenpüree verwandelte. Die Hecktüren des Krankenwagens flogen auf. Rhino warf Humberto in den Wagen wie einen Sack Getreide, dann drehte er sich um und machte das gleiche mit der Leiche des Leibwächters. Die Türen des Krankenwagens wurden zugeworfen, und das Fahrzeug fuhr mit Blaulicht Richtung Ausgang. Rhino lief zu dem haigrauen Wagen und sprang durch die geöffnete hintere Tür hinein; trotz des massigen Körpers waren seine Bewegungen geschmeidig. Cross trat das Gaspedal voll durch, und der Wagen hängte sich an die Stoßstange des Krankenwagens.

Als die Flughafenpolizei kam, fand sie einen Toten hinter dem Steuer des Mercedes vor. Und eine ganze Reihe sehr widersprüchlicher Aussagen von Augenzeugen.

Im Schatten eines Brückenpfeilers, nur wenige Meter vom Freeway entfernt, stoppte der Krankenwagen. Der haigraue Wagen folgte ein paar Sekunden später. Cross brachte das unauffällige Fahrzeug neben dem Krankenwagen zum Stehen. Cross hielt Wache, während Rhino sich Humbertos schlaffen Körper über die Schulter warf und in den Kofferraum des haigrauen Wagens schaffte. Buddha rutschte hinters Steuer, Cross setzte sich auf den Beifahrersitz. Ace und Rhino saßen mit gezogenen Waffen im Fond, jeder sicherte ein Heckfenster. Als sie anfuhren, sagte Buddha: »Ich habe alles abgewischt, Boß. Aber man weiß nie, was sie finden, wenn sie mit Staubsaugern drangehen.«

Cross zog einen kleinen Sender aus der Jacke, warf einen Blick auf die blinkende, rote LED und legte dann einen Kippschalter um. Ein gewaltiges *Pfffsch!*, und der Himmel hinter ihnen wurde von einem rotgelben Feuerball erhellt.

»Was sie finden werden, ist ein bißchen gebratenes Fleisch«, sagte Cross. »Gut durch.«

Als der haigraue Wagen ein ruhiges Reihenhausviertel erreichte, meldete sich das Funktelefon in Cross' Jacke. Er holte es heraus, sagte aber kein Wort.

»Ich bin draußen«, sagte Fals Stimme.

Cross beendete die Verbindung und gab Rhino das Okayzeichen.

Buddha bog in eine gepflasterte Zufahrt ein und ließ den Wagen langsam in eine offene Garage rollen. Er öffnete den Kofferraum, und Rhino warf sich Humbertos immer noch schlaffen Körper über die Schulter.

Fünf Minuten später war Humberto im Keller des Hauses an einen Stuhl gefesselt. Jeder äußerst wachsam, warteten die Männer eine halbe Stunde, ob ihnen jemand gefolgt war.

Schließlich erhob sich Cross von seinem Posten. Er zog sich eine Strumpfmaske übers Gesicht und signalisierte Rhino, das gleiche zu tun. »Alles klar«, sagte er leise. »Bringen wir's hinter uns.«

»Das müßte reichen«, sagte Rhino und drückte den Kolben einer Spritze. Mit einer riesigen Hand band er Humbertos Arm ab, klopfte auf eine vielversprechend aussehende Vene und stach mit unbeirrbarer Präzision zu.

Cross wartete, während das Adrenalin zu wirken begann, beobachtete, wie Humberto allmählich wieder zu sich kam. Cross bedeutete Rhino zu bleiben, wo er war – unsichtbar hinter Humbertos Rücken.

»Wa ... was ist los?« nuschelte Humberto mit zusammengekniffenen Augen.

»Ist nur ein Job, Kumpel«, sagte Cross. »Wenn du machst, was man dir sagt, dann bleibt das auch so. Wenn nicht ...« Er ließ seine Stimme verklingen.

»Sie sind nicht ...«, sagte Humberto, sein Blick wurde allmählich klarer.

»Wir sind Profis«, sagte Cross. »Genau wie du. Wir sind bezahlt worden, um einen Auftrag zu erledigen.«

»Was für einen Auftrag?«

»Muñoz hat uns bezahlt. Für deinen Arm.«

Unter seiner dunklen Haut wurde Humberto totenblaß. »Ich weiß nicht, was ...«

»Doch, das weißt du«, unterbrach Cross. »Du hast etwas, das Muñoz haben will. Einen Mikrochip. Irgendwo in deinem Arm. Muñoz hat uns bezahlt, damit wir ihm diesen Arm bringen.«

»Moment! Mal langsam! Ich kann ...«

»Sag nichts. Hör dir unser Angebot an. Anschließend sagst du ja, oder du sagst nein. Das ist alles. Kapiert?«

Humberto nickte, den verhangenen Blick fest auf Cross gerichtet.

»Wir werden diesen Mikrochip bekommen. Wir wissen, daß er irgendwo unter der Tätowierung ist. Wir können ihn auf die sanfte Tour holen«, sagte Cross, »oder auf die harte. Du hast die Wahl.«

»Ich habe keine Wahl«, sagte Humberto, bereits gefaßter.

»Muñoz hat einen meiner Männer, verstehst du? Er will ihn gegen diesen Chip austauschen«, sagte Cross. »Aber wenn wir dir deinen ganzen Arm nehmen, wie er es will, dann bist du tot. Dafür hat er uns nicht bezahlt.«

»Ich könnte Ihnen Geld geben ...«, sagte Humberto leise.

»Richtig. Du könntest uns Geld geben, damit wir dich am Leben lassen. Aber andererseits, was würde dir das nützen? Dein Leibwächter ist nicht mehr. Dein Fahrer auch nicht. Wenn er erst den Chip in Händen hat, würde Muñoz dich fertigmachen.

Würde länger dauern, aber am Ende wärst du genauso tot.«

»Was schlagen Sie vor?« fragte Humberto nun mit mehr Selbstvertrauen in der Stimme.

»Ich schlage vor, du gibst uns Geld. Bezahlst uns, damit wir Muñoz ausschalten. Mit dem Chip haben wir einen Fuß in der Tür, verstehst du? Und wenn wir erst mal drin sind, legen wir Muñoz um, okay? Das kostet dich eine glatte Million. Cash.«

»Ich kann die besorgen und . . .«

»Nein«, sagte Cross. »Vergiß die Spielchen. Du wirst niemand anrufen. Auch keine Briefe schreiben. Ich erklär dir jetzt, wie ich mir das vorstelle – du hast Geld gebunkert. Viel Geld. Und du vertraust es niemandem an, stimmt's? Ich mache jede Wette, du hast es irgendwo leicht zugänglich deponiert. Keine Bankschließfächer, keine Kennworte . . . nichts in der Art. Du sagst uns, wo es ist. Jetzt sofort. Einer meiner Männer fährt hin, holt es. Wenn es an mehr als einer Stelle liegt, ist das auch okay. Mein Mann kommt hierher zurück. Mit dem Geld. Und dann erledigen wir den Auftrag für dich.«

»Woher weiß ich, daß ihr euch nicht einfach das Geld nehmt und mich trotzdem umlegt?«

»Wenn ich das vorhätte, wozu bräuchte ich dann diese Maske? Das ist ein Geschäft, und fertig. Du hast dich nicht mit uns angelegt. Du hast meinen Mann nicht entführt. Muñoz muß verschwinden – ich sorge nur dafür, daß wir bezahlt werden, klar?«

»Und wenn ich nein sage?« fragte Humberto.

»Dann legen wir Muñoz trotzdem um. Aber um an ihn ranzukommen, bringen wir ihm statt des Chips deinen Arm.«

Eine lange Minute verstrich. Humberto holte tief Luft. »Er ist direkt unter ihrem Arsch«, sagte er und spannte seinen rechten Bizeps, die tätowierte Tänzerin ließ ihren Hintern kreisen. »Haben Sie vorher einen Drink für einen Mann?«

Humberto saß in einem bequemen Sessel, die Füße auf einer Ottomane. Sein Oberkörper war nackt, sein rechter Bizeps verbunden. Rechts neben ihm auf einem Beistelltisch stand ein halb mit einer dunklen Flüssigkeit gefülltes Glas. Eine lange Zigarre schwelte in einem Aschenbecher. Humbertos hübsches Gesicht war entspannt, friedlich.

»Hör zu, amigo«, sagte er zu Cross. »Der Schlüssel zu Muñoz ist sein Stolz. Muñoz ist ... muy macho, verstehst du? Vor einigen Jahren hatte er ein Duell. Mit Macheten. Es ging um seine Ehre. Er ist sehr, sehr gut mit Messern ... mit jeder Waffe, die eine Schneide hat. Und auch mit seinen Händen – sehr schnell, sehr stark.«

»Und du erzählst mir das, weil ...?« soufflierte Cross.

»Weil ich dir traue, hombre. Und das möchte ich dir beweisen.«

»Und du meinst, so schaffst du das? Indem du mir vom Ego dieses Typen erzählst?«

»Nein«, sagte Humberto, die dunklen Augen auf die Strumpfmaske geheftet. »Damit beweise ich es dir: Ich weiß, wer du bist.«

»Wirklich?«

»Ja. Du bist der Mann, der Cross genannt wird, stimmt's? Du versteckst dein Gesicht, aber du hast deine Hände vergessen«, sagte Humberto, sein Blick schoß zu Cross' rechtem Handrücken, wo die Zielscheibentätowierung deutlich sichtbar war. »Ich habe dich selbst mal engagiert. Um Herrera umzulegen. Wir sind uns nie begegnet, aber ich kenne deine unveränderlichen Kennzeichen.«

Cross schnalzte empört, griff hoch und zog die Strumpfmaske herunter. »Erzähl mir, was du weißt«, sagte er.

»Du bist der, der Herrera angegriffen hat. Vor Jahren. Ich war nicht dabei, aber ich habe oft davon gehört. Herrera hat immer behauptet, du hättest Ware gestohlen ... aber wir glauben, daß du dir statt dessen seine Juwelen genommen hast. Ich weiß, daß er seine Ware immer in Geld – Gold, Diamanten – umgetauscht hat. Immer in harte Währung.«

»Was noch?«

Humbertos Schultern bewegten sich zu einem vielsagenden Achselzucken. »Es kam zum Streit. Viele starben. Und du bist entkommen. Mehr weiß ich nicht. Das und die Tätowierung auf deiner Hand. Herrera hat immer gesagt, er würde es dir heimzahlen. Ich habe noch zwei Sachen gehört – er hat dich für etwas engagiert ... und er hatte einen Unfall.«

»Warum erzählst du mir das alles?« fragte Cross.

»Weil ich dafür bezahlt habe, daß er diesen Unfall hatte. Wir sind uns nie begegnet, aber du bist der, den ich bezahlt habe. Du hast gute Arbeit geleistet. Herrera ist fertig. Bald wird Muñoz ihm Gesellschaft leisten. Du kannst keinen Drogenhandel leiten. Dir fehlen die Kontakte zum Süden. Du und ich, ich glaube, wir werden Partner.«

»Klingt nicht schlecht«, erwiderte Cross.

»Erledigt«, sagte Cross in die Sprechmuschel des Funktelefons.

»Ich weiß, amigo«, erwiderte Muñoz. »Ich sehe die Nachrichten im Fernsehen.«

»Bringen wir's hinter uns«, sagte Cross.

»Kennst du das King Hotel? An der Wabash, neben . . .«

»Ich kenne es.«

»Mein Mann wird davor stehen, auf dem Bürgersteig, um Mitternacht. Fahr mit ihm, wohin du willst. Wenn du überzeugt bist, daß wir dir nicht folgen, schickst du den Chip.«

»Woher weißt du, wohin du den Vogel schicken mußt?«

»Mein Mann hat den Vogel dabei. In einem Käfig.«

»Und mein Geld.«

»Ja. Und dein Geld.«

»Kein Problem«, sagte Ace und betrachtete die versammelte Crew. »Ich hab ein halbes Dutzend Leute in dem Hotel. Das ist nichts weiter als ein Crackhaus. Eine miese Absteige. Ich bin drin, lange bevor die aufkreuzen, gebe euch vom obersten Stock Feuerschutz.«

»Ausgezeichnet«, sagte Cross. »Buddha und Rhino, ihr fahrt zum Treffpunkt, okay? Ich und Fal, wir transportieren Humberto. Jeder wischt jetzt alles gründlich ab – wir können nicht so schnell wieder ein Feuer machen.«

Vom Eingang des King Hotel aus konnte der wachsame Angestellte am Empfang nur den Rücken eines großen Mannes in einem langen, schwarzen Mantel sehen. Der große Mann rauchte eine Zigarette, wirkte, als warte er auf einen Bus. Nur zwei Kleinigkeiten paßten nicht ins Bild. Vor den Füßen des Mannes stand ein großer, schwarz verhängter Käfig mit einem Tragering oben; und ein leuchtend roter

Lichtpunkt ruhte genau zwischen den Schulterblättern des Mannes. Der rote Punkt folgte dem Mann, wanderte mit, wenn er sich bewegte.

Der haigraue Wagen hielt am Bordstein. Die hintere Tür öffnete sich. Ein paar Worte wurden gewechselt. Der große Mann stieg in den Wagen, zog den Käfig hinein. Der Wagen fuhr los.

Ein paar Minuten später sah der Angestellte einen schlanken Schwarzen mit fein geschnittenen Gesichtszügen die Treppe herunterkommen. In der Hand hielt er ein vollkommen schwarzes Gewehr mit kompliziert aussehendem Zielfernrohr. Der Angestellte schaute schnell weg, sah dem Mann nicht in die Augen. Als er wieder aufsah, war der Mann verschwunden, beinahe als wäre er nie da gewesen. Der Angestellte reagierte nicht. Aber sein Schweigen hing nicht mit den zweihundert Dollar in seiner Tasche zusammen – er wußte, was der rote Punkt auf dem Rücken des großen Mannes bedeutete, und er wollte keinen auf seinem Rücken. Nie.

Der haigraue Wagen arbeitete sich so unbeirrt durch Feindesland zum Red 71 wie die heimkehrende Taube, die auf dem Rücksitz mitfuhr. Das Telefon piepste auf dem Sitz neben Buddha. Der untersetzte Mann nahm es, drückte mit dem Daumen eine Taste. »Ja«, sagte er nur. »Alles klar hier.« Fals Stimme.

»Wir kommen«, erwiderte Buddha. »In etwa zehn Minuten.«

»Bitte nochmal bestätigen. Alles frei hinter dir?«

»Positiv.«

Buddha schaltete das Telefon aus. Sein Blick wanderte zwischen Straße und Rückspiegel hin und her. Er steuerte den Wagen durch ein neues Loch im Maschendrahtzaun und parkte vor dem Hintereingang von Red 71. Mit der flachen Hand schlug er dreimal gegen die Tür. Sofort wurde aufgemacht. Cross trat zur Seite, sicherte das Gelände mit einer Uzi. Buddha ging als erster hinein. Dann der Mann, den sie abgeholt hatten. Rhino folgte als letzter, versperrte die Tür mit seinem massigen Körper.

Im Keller filzte Rhino den Kurier, seine Berührungen waren behutsam und feinfühlig. Als er Okay nickte, trat Cross vor und fuhr den Körper mit einem Metalldetektor ab. »Entspann dich«, sagte er zu dem Mann. »Nimm Platz.«

Der Mann setzte sich auf einen Sessel und griff in die Tasche, um sich eine Zigarette anzustecken.

»Wie nennt man dich?« fragte Cross.

»Ich bin Ramón.«

»Okay, Ramón. *¿Donde está el dinero?*«

Ramóns Lippen zuckten zu einem schmalen Lächeln ohne Zähne. »Im Käfig, hombre. Im Boden des Käfigs. Wenn Sie erlauben . . .«

Cross nickte, und der Mann stand auf. Er ging zu dem Käfig und zog behutsam das schwarze Tuch herunter. In dem Käfig hockte eine aufgeplusterte Taube. »Das hier ist *el bailador del cielo*«, sagte Ramón und streichelte die Taubenbrust. Er griff hinein, nahm den Vogel heraus, drückte ihn sanft an sich. »Heben Sie den Boden an«, sagte er zu Cross.

Cross musterte den Käfig ein Minute lang, dann nahm er die Tageszeitung vom Käfigboden, darunter kam eine Metallplatte mit einem Ring in der Mitte zum Vorschein. Er zog an dem Ring, und der Boden hob sich. Darunter lag Geld. Greenbacks, eingeschweißt in Plastikfolie.

»Was zum Teufel denkt sich Muñoz eigentlich, was ich mit Tausenddollarscheinen anfange?« fragte er Ramón. »Das muß alles gewaschen werden – ich kann's einfach nicht ausgeben.«

»Kleinere Scheine hätten nicht reingepaßt, hombre«, antwortete Ramón. »Ich bin überzeugt, Sie kennen Mittel und Wege.«

Cross nickte, seine Finger strichen über die Narbe auf seinem Jochbein. »Okay, wie geht's jetzt weiter?«

»Zunächst prüfe ich den Chip. Hiermit ...«, sagte Ramón und nahm ein Gegenstück zu dem Chip aus der Brusttasche seines Hemdes. »So schnell hätten Sie kein Duplikat beschaffen können. Wenn er in den hier paßt, dann wissen wir, daß Sie Ihren Teil des Geschäfts erledigt haben.«

»Nur zu«, sagte Cross, holte den Chip aus der Jacke.

Ramón richtete die beiden Chips sorgfältig aus. Mit einem deutlich hörbaren Geräusch rasteten sie ein.

»*Bueno!*« sagte Ramón. »Das ist er.«

»Und jetzt ...?«

»Jetzt stecken Sie den Chip hier rein«, sagte Ramón und klopfte gegen das winzige Röhrchen am rechten Bein des Vogels. »Dann fliegt er zurück. Schnurstracks nach Hause. Sie werden sehen ... wenn Sie genau hinschauen ... daß kein Sender in den Behälter paßt. Und wenn man anderswo einen anbringt, dann wird *el bailador* nicht fliegen. Verstehen Sie?«

»Ja.« Cross strich immer noch über seine Narbe. Nach einigen Augenblicken verließ er den Raum.

»Es kann losgehen«, sagte Cross in das Funktelefon.

»Wann wirst du ...?«

»Vorher muß ich mit ihm reden.«

»Mit wem?«

»Mit meinem Mann. Dem, den du hast.«

»Ich hab dir doch gesagt . . .«

»Ist mir scheißegal, was du gesagt hast«, antwortete Cross ruhig. »Wir sind jetzt in der letzten Runde. Wenn du mit deinem Mann reden willst, kannst du das gern tun. Wenn du im Rennen bleiben willst, dann mußt du das gleiche machen.«

»Ruf in einer Stunde wieder an«, sagte Muñoz. »Und sorg dafür, daß Ramón bei dir ist.«

»Ich bin's«, sagte Cross ins Telefon. »Willst du mit deinem Mann sprechen?«

»Gib ihn mir.«

»Ja, ich bin hier, *jefe*«, sagte Ramón. »Alles ist so, wie's sein sollte.« Ramón sagte zweimal schnell hintereinander »Ja«, dann gab er Cross das Telefon.

»Okay?« fragte Cross in die Sprechmuschel.

»*Momentito*«, antwortete Muñoz.

Eine weitere Minute verstrich, dann hörte Cross die unverwechselbare Stimme von Princess. »Mir geht's gut«, sagte der Bodybuilder. »Diese Miezekatzen haben mich verschnürt wie einen beschissenen Truthahn, aber sie haben mir nichts getan.«

»Geben sie dir zu essen?« fragte Cross.

»Verdammt, wahrscheinlich bin ich auf zwei-dreißig runter bei all dieser Scheiße. Ich kriege ja nicht mal meine Vitamine. Und . . .«

»Okay, Princess, beruhige dich, in Ordnung? Die binden dich bald los.«

»Bist du zufrieden?« schaltete sich Muñoz ein. »Läßt du unseren Vogel jetzt fliegen?«

»Morgen«, sagte Cross. »Morgen bei Tagesanbruch.«

»Wieso nicht jetzt, hombre? Unser Vogel kann auch nachts fliegen.«

»Ich brauche ein paar Stunden, um sicherzugehen, daß ihr Typen keine Tricks versucht. Bei Tagesanbruch. Wenn Princess da ist, lassen wir deinen Mann laufen.«

»Adios«, sagte Muñoz und legte auf.

»Geht's ihm gut?« fragte Rhino. Sorge machte seine Stimme noch piepsiger als gewöhnlich.

»Er hat ›Vitamine‹ gesagt«, erwiderte Cross. »Du weißt, was das bedeutet ... ihm geht's gut, aber er sieht keine Chance abzuhauen. Hätte er ›Mineralien‹ gesagt, sähe er einen Weg. Ich glaube nicht, daß sie ihn in die Mangel genommen haben.«

»Du glaubst, die lassen ihn wirklich gehen?«

»Ich an ihrer Stelle würde nicht«, antwortete Cross.

Am nächsten Morgen breitete sich die Dämmerung langsam auf einen schwarzblauen Nachthimmel aus. Ramón stand auf dem Dach von Red 71, die Taube in den Händen.

»Los«, befahl Buddha.

»*Volar!*« rief Ramón und warf die Taube in die Luft. Der Vogel flatterte, stieg höher, ging in Querlage. Die Flügel bewegten sich geschmeidig.

Ein paar Sekunden später erhob sich ein kleiner Vogel von Cross' durch einen Lederhandschuh geschützten Hand. Seine blaugrauen Flügel verschwammen vor dem Himmel, und aus seinem Schnabel löste sich ein unverkennbares *Killy-killy-killy*-Trillern. Der Vogel stieg auf wie eine F-16 und war für die Zuschauer auf dem Dach nur vage auszumachen. Sie verfolgten seine Flugbahn anhand der rostfarbenen Schwanzfeder. Cross griff nach dem Funktelefon.

»Gestartet«, war alles, was er sagte.

»Auf geht's«, meinte Cross zu Buddha. Als Buddha sich umdrehte, um Cross nach unten zu folgen, lag Rhinos riesige Pranke auf Ramóns Nacken.

»Ich kapier das nicht, Boß«, meinte Buddha. »Ich weiß ja, daß dein Habicht einen Sender trägt ... aber ich habe diesen Bastard fliegen sehen. Die Taube schafft's auf gar keinen Fall bis nach Hause. Der macht sie doch schon vorher alle.«

»Osten«, sagte Cross in das Funktelefon und beobachtete den kleinen, runden, blauen Bildschirm in einem Gerät, das er zwischen die Beine geklemmt hatte. »Hält die Richtung. Bist du dran?«

»Roger«, antwortete Fals Stimme.

»Das ist kein Habicht«, sagte Cross geistesabwesend zu Buddha. »Das ist ein Turmfalke. Ein Falke, okay? Ich hab ein Pärchen da oben. Das Weibchen sitzt auf mehreren Eiern. Das Männchen bringt Nahrung. Ich habe sie seit Tagen nicht gefüttert – hab sie auch nicht fliegen lassen, damit sie sich ihr Futter selbst suchen können. Und das Männchen habe ich auf Tauben trainiert – er liebt sie, verdammt.«

»Ja, aber ...«

»Was?«

»Du hast den Vogel richtig scharf gemacht, stimmt's? Also wird er die Taube vom Himmel putzen. Wie in aller Welt sollen wir dann ...?«

»Turmfalken machen nur auf dem Boden Beute«, sagte Cross. »Er wartet, bis die Taube landet. Dann spricht er das Tischgebet.«

Großstadtlandschaften flogen an den Scheiben des haigrauen Wagens vorbei, während Cross

Buddha persönlich und Fal über das Telefon Anweisungen gab.

»Wie heißt er?« fragte Buddha.

»Wer?«

»Der Vogel, Chef. Der ... Turmfalke oder wie du den nennst.«

»Wie der heißt?« sagte Cross verdutzt. »Es ist ein Vogel.«

Buddha zuckte die Achseln und konzentrierte sich aufs Fahren.

»Er hält auf die Ebene zu«, sagte Cross ins Telefon. »Woanders kann er gar nicht hin. Hast du Sichtkontakt?«

»Ja«, sagte Fal. »Er ist direkt über der Taube. Wartet ab. Bereit für den Sturzflug.«

»Wenn er loslegt, ist es soweit«, sagte Cross. »Bleib dran.«

»Ich hab ihn«, bellte Fals Stimme. »Ein dreistöckiges Haus, Kneipe im Erdgeschoß. Auf der Tür steht *Los Amigos*. Unten am Wasser am Ende der Pine Street.«

»Bist du sicher?« fragte Cross.

»Todsicher. Die Taube kommt runter, ist im Heimatanflug. Und dein Vogel, der wartet einfach ab.«

»Autos auf der Straße?«

»Nur eins. Ein weißer ... sieht aus wie ein Lincoln. Ich sehe ... ja! Auf dem Dach steht ein Käfig. Ein ganzer Haufen Vögel da oben. Sind bestimmt an die ...«

»Los jetzt.« Cross beendete die Verbindung.

Die Schnauze des Wagens schoß hoch, als Buddha das Pedal durchtrat und Vollgas gab. Sie hatten ihr Ziel bereits in Sicht, als Fals blauer Montero hinter dem Gebäude verschwand. »Da kommt er«, piepste Rhino, als der Turmfalke zum Sturzflug ansetzte. Vielleicht hatte die Taube den Schatten des Falken gesehen, vielleicht war sie auch von ihren Sensoren alarmiert worden – sie flatterte aufgeregt mit den Flügeln und versuchte, in den schützenden Käfig zu kommen. Als die Taube aufsetzte, schlug der Turmfalke zu. Sein winzigen, zu Fäusten geballten Krallen betäubten die Taube, die taumelnd fortflatterte. Muñoz rannte auf die Taube zu, fuchtelte wild mit den Armen, um den Eindringling zu verscheuchen, doch der Turmfalke stieg gelassen auf seine Beute und riß am Fleisch der Taubenbrust. Muñoz schlug mit einer Machete nach dem Falken, doch der tänzelte geschickt fort, hatte seine bösen, starren Augen auf den neuen Feind gerichtet. Muñoz warf sich zwischen Taube und Falke, zerrte verzweifelt an dem Transportröhrchen. Plötzlich ertönten von unten mehrere Explosionen – Blendgranaten, die durch die Scheiben der Bar geworfen wurden. Muñoz hörte Maschinengewehrfeuer. Ein dünnes Lächeln spielte auf seinen Lippen. Mit einem mächtigen Streich der Machete köpfte er die Taube, versuchte, auf allen Vieren den Transportbehälter an sich zu bringen, während der Turmfalke die andere Hälfte der Taube zerfetzte, zwei erfahrene Raubtiere, jeder tat seine Arbeit.

Unten bestrich Rhino das Erdgeschoß mit einem langen Feuerstoß aus seiner Uzi und brüllte aus Leibeskräften »Princess!« Zwei Männer stürmten die Treppe herunter – und wurden sofort von Aces Schrotflinte niedergestreckt. Fal wartete auf Buddha, der sich an der Wand entlang vorarbeitete, die Glock schußbereit. Als Buddha nickte, deutete Fal auf eine offene Tür. Sobald sich Buddha in

Bewegung setzte, glitt Fal die Treppe hinauf, flach gegen die Wand gedrückt, den Schußarm wie eine Sonde vor sich ausgestreckt.

Buddha stieg vorsichtig die dunkle Treppe hinunter. Er sah Princess in der hinteren Ecke. Auf der Brust des Bodybuilders lagen schwere Ketten überkreuz wie Patronengurte. Princess' Kopf hing schlaff nach vorn – Buddha sah nur seinen rasierten Schädel. Buddha steckte die Pistole weg und suchte nach dem Schlüssel für die Ketten. Ein Schuß krachte, erwischte Buddha in der linken Schulter. Der untersetzte Mann ging zu Boden, riß seine Pistole heraus und erwiderte in derselben geschmeidigen Bewegung das Feuer. Er hörte ein gedämpftes, schmerzerfülltes Ächzen aus dem tiefsten Winkel des Kellerraums und kroch weiter, bis er neben Princess kauerte. Dann richtete er sich plötzlich auf und feuerte gleichzeitig eine Salve mit seiner Glock. Mit aller noch vorhandenen Kraft stemmte Buddha einen Fuß gegen den Stuhl, an den Princess gefesselt war, und drückte, stieß den Bodybuilder genau in dem Augenblick zu Boden, als weitere Schüsse in die Wand hinter ihm krachten.

Buddha kroch, bis sein Körper Princess fast vollkommen zudeckte, dann ließ er ruhig das Magazin aus der Glock schnappen und schob das nächste hinein, wartete.

Muñoz steckte den Mikrochip in die Tasche und stürzte die Treppe hinunter, die Machete kampfbereit. Im zweiten Stock schlich er wie auf Samtpfoten zu dem hintersten Zimmer. Er ging hinein, überzeugte sich, daß das Fluchtseil immer noch auf dem Boden verankert war. Unten wartete ein Wagen auf ihn – wenn sein Glück noch ein bißchen hielt, war er in einer Minute fort. Genau in dem Augenblick, als er das Seil in beide Hände nahm, betrat Cross den Raum, eine .45er in der Faust.

Die Beine gespreizt, die Machete wieder in der Hand, drehte sich Muñoz zu seinem Feind um. Cross hielt die .45er mit beiden Händen, zielte auf Muñoz' Brust.

Mehrere Sekunden lang herrschte absolute Stille.

»Tja, hombre«, sagte Muñoz dann. »So endet es wohl immer, was?« Er jagte die Machete in den Boden, wo sie zitternd steckenblieb. Dann ging er mit geballten Fäusten auf Cross zu. »Du wolltest schon immer wissen, wer der Bessere ist, stimmt's? knurrte er und duckte sich zum Angriff.

Cross feuerte – die Kugel erwischte Muñoz im Bauch und zwang ihn in die Knie. »Nein«, sagte Cross, als er über Muñoz stand. Er drückte noch zweimal ab, einmal für den Kopf, einmal für die Brust.

Im Keller von Red 71 lag Buddha auf einer Pritsche, den Arm an einem Tropf. Er blinzelte ein paarmal, erkannte schließlich Cross.

»Haben's alle geschafft?« fragte der stämmige Mann.

»Du bist der einzige, der was abgekriegt hat«, sagte Cross.

»Wo ist Humberto?«

»Er ist bei Muñoz, Ramón auch«, sagte Cross. »Es ist erledigt.«

»Du bist ein echter Mann, Buddha«, piepste Rhino. »Wie du Princess gedeckt hast . . .«

»Ich kapiere immer noch nicht, warum dieser verrückte Arsch einen Anteil kriegen soll«, nuschelte Buddha und driftete wieder in den Schlaf.

Tony

Ich tauge nichts, bis ich den ersten Schlag abkriege.

Tony sagt, ich bin ein Spätzünder.

Aber wenn ich erst mal in Fahrt bin, kann mich nichts mehr bremsen.

Ich gebe nie auf. Niemals.

Ich schaute in die andere Ecke des Rings. Heute abend kämpfe ich gegen einen Schwarzen. Ich glaube, er heißt Bosco.

Aber es spielt keine Rolle, wie er heißt.

Ich sah ihn jetzt zum ersten Mal. Die lassen mich den anderen nicht mehr beim Wiegen vor dem Kampf sehen. Manchmal geh ich da schon auf ihn los. Ich muß mir das für den Fight aufheben.

Er ist ein bißchen kräftiger als ich, liegt aber immer noch unterhalb der Gewichtsgrenze.

Außerdem ist er jünger als ich.

Aber ich bin schon länger dabei. Man sieht's meinem Gesicht an. Und meinem ganzen Körper. Bei diesen Kämpfen spielt Erfahrung eine große Rolle. Ob ein Fighter was taugt, weiß man immer erst, wenn er zum ersten Mal eins auf die Zwölf kriegt. Das sagt Tony. Dann erfährt man was über seinen Mut.

Sie sagen, das Kämpfen liegt mir im Blut.

Aber eigentlich tu ich's nur für Tony.

Ich liebe ihn.

Er ist bei mir, seit ich klein war. Er gibt mir alles.

Ich trainiere auf die altmodische Art. Spezialdiät. Kein Sex vor dem Kampf.

Es heißt, deshalb haben wir überhaupt angefangen zu kämpfen. Wegen dem Sex. Damit wir uns eine von den Schlampen aussuchen können.

Aber ich könnte auch Sex haben, wenn ich nicht kämpfe. Ich kämpfe für Tony.

Ich trainiere ständig. Tony hat für mich sogar ein besonderes Laufband gebaut, um meine Kondition zu steigern.

Wenn man in diesen Fights müde wird, hat man verloren.

Ich werde nie müde.

Ich hab den schwarzen Burschen mir gegenüber beobachtet, während ich auf das Zeichen zum Loslegen wartete. Ich hab seine Augen beobachtet. Er hatte keine Angst.

Das haben sie nie.

Hier unten zählt das Preisgeld nichts ... das richtige Geld kommt von den Wetten.

Tony setzt immer auf mich.

Ich würde ihn nie enttäuschen.

Eher würde ich sterben.

Ich hab keine Angst zu sterben. Es ist einfach nur Schlaf. Und man wird nicht mehr wach.

Ich wandte mich dem Schwarzen zu. Tony hat mir den Nacken massiert, die Muskeln gelockert.

Das Publikum tobte.

Wir berührten uns kurz, und dann griff der schwarze Bursche an.

Er war schneller als ich. Sein erster Schlag erwischte mich voll auf der Brust. Feuer explodierte in mir, und ich hab versucht, ihm den Kopf abzureißen.

Er ging in die Knie, ist aber sofort wieder hochgekommen.

Der Ringrichter hat uns ein paarmal getrennt, wenn wir in den Clinch gingen, aber solche Fights werden nie abgebrochen.

Es hat lange gedauert, bis ich ihn k.o. hatte.

Tony hat mich aus dem Ring getragen.

Ich konnte Tony nicht sehen, meine Augen waren zugeschwollen.

Der andere Bursche hat mich richtig übel erwischt.

Ich werde einschlafen.

Ich hab Tony weinen hören.

Ich hab seine Hand auf meinem Kopf gespürt.

Er streichelte zum letzten Mal mein blutiges Fell.

Das Leben ist hart

Gegen Mittag rollte ich auf den Parkplatz am La Guardia, saß im Wagen und fuhr mir immer wieder über die jetzt ganz straffe Gesichtshaut, versuchte, mir über meine nächsten Schritte klarzuwerden. Ich konnte mich nicht darauf verlassen, daß durch die Gesichtsoperation alles erledigt war. Ich mußte aus New York verschwinden, wenigstens so lange, bis klar war, ob DellaCroces Leute noch nach mir suchten.

Ungefähr eine Stunde saß ich da und dachte nach, aber mir fiel einfach nichts ein. Zeit für den nächsten Schritt. Ich ließ den Wagen stehen, wo er war – sollte Hertz ihn sich doch in einer Woche oder so abholen, wenn ich ihn nicht zurückbrachte.

Das Terminal der Delta lag ganz für sich allein in einer Ecke des Flughafens. Ich hatte ein Ticket nach Augusta, Georgia, umsteigen in Atlanta. Ich mußte nach Kanada, wenn ich das Land verlassen wollte, aber Atlanta bot mir viele Möglichkeiten. Der Flughafen dort ist so groß wie eine kleine Stadt; dort starten und landen Flugzeuge aus dem ganzen Land.

Ich wartete bis zur letzten Minute, bevor ich an Bord ging, aber alles war ruhig und friedlich. Die hatten keinen in der Maschine, der mich beschattete. Reichlich Zeit zum Nachdenken; vielleicht zuviel Zeit. Ein Mann auf der Flucht fällt zu sehr auf. Ich mußte bald einen Ausweg finden, sonst würde DellaCroce mich schnappen, wenn mir die Verstecke ausgingen.

Atlanta Airport war das übliche Chaos: Reisende hasteten durch die Tunnel, Einheimische verkauften alles von Schuheputzen bis Erlösung. Ich hatte zwei

Stunden Zeit bis zu meinem Anschlußflug nach Augusta, also suchte ich mir eine Telefonzelle und rief Blind Man in New York an.

»Wie sieht's aus?« fragte ich, ohne meinen Namen zu nennen.

»Gute Neuigkeiten und schlechte, Kumpel«, antwortete Blind Man mit seinem rauhen Flüstern. Er hat so lange in Einzelhaft gesessen, als wir damals zusammen im Knast waren, daß seine Augen schlecht sind und seine Stimme durch mangelnde Übung eingerostet ist. »Die haben den Namen, der auf deinem Ticket steht, aber keine Fotos.«

»Scheiße! Wie haben die das mit dem Ticket so schnell rausbekommen?«

»Was spielt das für 'ne Rolle, Kumpel? Schmeiß das Ding weg und sieh zu, daß du so schnell wie möglich verschwindest.«

»Und was soll ich dann machen?«

»Da bin ich überfragt, Bruder. Aber entweder bist du schnell, oder du bist tot«, sagte Blind Man und legte auf.

Als erstes verschwand ich aus dem Delta-Terminal. Ich ging zum Schalter von United und buchte einen Flug nach Chicago, der in drei Stunden starten sollte. Wenn man ein Flugticket bar bezahlt, muß man von Grenzen wegbleiben, aber ich sah keine offensichtlichen DEA-Agenten in der Nähe herumlungern, und außerdem hatte ich sowieso nichts dabei.

Mit dem Ticket nach Chicago in der Tasche schlenderte ich langsam zurück zum Flugsteig für die Maschine nach Augusta. Der Abflug rückte näher. Ich fand einen freien Platz, steckte mir eine Zigarette an und behielt die Leute am Ticketschalter im Auge. Zur Maschine mußte man ein kurzes Stück zu Fuß gehen, dort stand eine hübsche, kleine Blondine und kontrollierte die Bordkarten. Immer noch alles friedlich, die Stille wurde nur unterbrochen von den normalen Flughafendurchsagen. Keinerlei Spannung. Mir kam alles in Ordnung vor. Vielleicht sollte ich doch Augusta versuchen; ich hasse Chicago im Winter.

Und dann entdeckte ich die Jäger: Zwei Männer mit ausdruckslosen Gesichtern saßen in einer Ecke des Warteraums. Saßen so dicht nebeneinander, daß sich ihre Schultern berührten. Ihre Blicke hingen an der kleinen Blondine und suchten nicht den Raum ab, wie ich es erwartet hätte. Aber ich wußte, wer sie waren. Man überlebt kein Dutzend Jahre hinter Mauern, wenn man die Jäger nicht von der Herde unterscheiden kann.

Sie würden unbewaffnet sein; Handfeuerwaffen auf einen Flughafen zu bringen war ein zu großes Risiko. Außerdem bestand ihr Job nur darin, mit dem Finger auf mich zu zeigen, nicht selbst den Abzug zu drücken. Ich sah, wie sie es machen wollten; sie hatten den einzigen Weg zur Maschine im Blick. Aber ich verstand nicht, was sie sich davon versprachen, wenn sie ihrem Ziel kein Gesicht zuordnen konnten.

Der Mann am Schalter rief Flug 884 nach Augusta auf. Ich saß da, als ginge mich das alles nichts an, rührte mich nicht von der Stelle. Einer nach dem anderen gingen die Passagiere durch den schmalen Ausgang. Die süße Südstaatenstimme der Blondine säuselte hörbar: »Schön, Sie heute bei uns zu haben, Mr. Wilson«, und mein Blick zuckte zu den Jägern hinüber. Natürlich klebten sie an den Worten der Blondine. Sie nannte jeden einzelnen männlichen Passagier beim Namen, wenn er an ihr vorbeiging.

Falls die Frauen ärgerlich waren über ungleiche Behandlung, zeigten sie dies zumindest nicht. Eine perfekte Falle: Sowie ich meinen Körper durch den Gang schob, würde die Blondine meinem neuen Gesicht den Namen geben, den sie bereits kannten, und sobald die Maschine landete, war ich Geschichte.

Ich stand auf, um zu verschwinden, als der Mann am Schalter rief: »Letzter Aufruf für Flug 884.« Die konnten unmöglich Aufpasser an allen Flugsteigen haben. Ich mußte es nur nach Chicago schaffen, den Blind Man anrufen und versuchen, mir etwas einfallen zu lassen. Als ich am Schalter vorbeiging, rempelte mich ein Typ an. Er stolperte ein paar Schritte rückwärts, machte eine ekelhafte Grimasse und wurde sofort wieder normal, als er meinen Gesichtsausdruck sah. Ein Clown von Ende dreißig, der versuchte, als erheblich jünger durchzugehen: die Haare sorgfältig nach vorn gestylt, um eine beginnende Glatze zu verstecken, das Seidenhemd offen bis fast zum Bauchnabel, eine schicke Sonnenbrille, die an einer Goldkette um seinen Hals baumelte. Ich ging langsam weiter und beobachtete, wie er sich dem Schalter näherte.

»Ich habe ein Ticket für diesen Flug«, bellte er, als sei er es gewöhnt, daß man ihm gehorchte.

»Natürlich, Sir. Darf ich bitte Ihre Bordkarte sehen?«

»Ich habe keine gottverdammte Bordkarte. Kann ich hier keine kriegen?«

»Tut mir leid, Sir«, sagte der Mann hinter dem Schalter. »Die Maschine ist voll. Wir haben noch vier Bordkarten ausstehen. Natürlich können wir Ihnen eine ausstellen, allerdings nur auf einer, wie wir es nennen, ›modifizierten Standby‹-Basis. Wenn die Herrschaften mit gültigen Bordkarten nicht bis fünf Minuten vor Abflug erscheinen, rufen wir Ihren Namen auf und geben Ihnen die Bordkarte.«

»Was für eine Scheiße ist das jetzt wieder?« wütete der Clown. »Ich habe gutes Geld für dieses Ticket bezahlt.«

»Davon bin ich überzeugt, Sir. Aber so wird es nun einmal gemacht. Sie werden bestimmt an Bord kommen. So etwas passiert bei diesen Kurzstreckenflügen immer wieder. Geben Sie uns Ihr Ticket, und wir werden Sie kurz vor Abflug namentlich aufrufen, in Ordnung?«

Ich vermute, es war durchaus nicht in Ordnung, aber der Clown hatte keine andere Wahl. Er knallte sein Ticket auf den Schalter, warf sich lässig seine Lederjacke über und suchte sich einen Platz in der Nähe.

Es war keine supergute Idee, aber die beste, die ich seit längerem gehabt hatte. Ich wartete ein paar Herzschläge und folgte dann dem Clown an den Schalter. Ich hörte mir geduldig ihre Erklärungen an, deponierte mein Ticket und bekam gesagt, mein Name würde aufgerufen, sobald ich an der Reihe war.

Viel Zeit hatte ich nicht. Ich ging zu dem Clown hinüber, der eine Zigarette rauchte, als hätte er das Rauchen erfunden. »Hören Sie«, sagte ich zu ihm. »Ich muß unbedingt diese Maschine nach Augusta bekommen. Es ist sehr wichtig für mich. Aus geschäftlichen Gründen.«

»Na und? Was geht mich das an?« erwiderte er süffisant und zuckte mit den Achseln.

»Ich weiß, daß Sie vor mir auf der Liste stehen, okay? Mit Ihnen die Plätze zu tauschen, ist mir einen Hunderter wert. Lassen Sie mich gehen, wenn

Ihr Name aufgerufen wird, und Sie können gehen, wenn die meinen aufrufen, falls sie's tun«, sagte ich, zog zwei Fünfziger aus der Tasche und hielt sie ihm hin.

Seine Augen begannen zu leuchten. Ich sah, wie sich die Räder in seinem Kopf drehten. Er hielt mich offensichtlich für einen Volltrottel. »Was ist, wenn wir beide einen Platz bekommen?« wollte er wissen.

»Dann habe ich eben Pech gehabt«, sagte ich. »Ich muß einfach alles tun, um in diese Maschine zu kommen. Es ist wichtig für mich.«

Er schien zu zögern, aber es war ein ungleicher Kampf. »Ich heiße Morrison«, sagte er und nahm mir die beiden Fünfziger aus der Hand. »Steele«, sagte ich und ging zum Schalter.

Die Beobachter hatten uns nicht zugeschaut. Ein paar Minuten vergingen. Vorsichtig entfernte ich mich von dem Clown, beobachtete die Beobachter. Der Mann am Schalter machte den Mund auf. »Mr. Morrison, Mr. Albert Morrison, wir haben Ihre Bordkarte.« Ich schoß von meinem Platz hoch, schnappte die Bordkarte und betrat die Gangway. Die kleine Blondine trällerte »einen angenehmen Flug, Mr. Morrison«, als ich an ihr vorbeiging. Ich spürte die glühenden Blicke der Jäger auf meinem Rücken.

Ich war noch keine fünfzehn Meter gegangen, als ich hörte: »Mr. Steele, Mr. Henry Steele, wir haben Ihre Bordkarte.« Ich ging weiter und fand meinen Platz ganz vorne in der Maschine.

Ich behielt den Gang im Auge, und natürlich kam der Clown an mir vorbei, ging zu den Raucherplätzen im hinteren Teil der Maschine. Ich meinte, er hätte mir zugezwinkert, aber sicher war ich nicht.

Der Flug nach Augusta dauerte nur eine halbe

Stunde, aber die Maschine konnte nicht schneller fliegen als ein Telefonanruf. Der Flughafen war winzig, nur ein einziges Gebäude, von dem ein kurzer Fußweg zu den Taxen draußen führte. Der Clown überholte mich auf dem Weg hinaus, rempelte mich mit der Schulter, wedelte meine beiden Fünfziger und schenkte mir ein schmieriges Lächeln. »Das Leben ist hart«, sagte er und ging vor mir hinaus.

Ich sah, wie sich zwei Männer an seine Fersen hefteten. Der eine trug eine Golftasche; der andere hatte die Hände frei.

Date Rape

In meinem Kopf ist ein Draht aufgespult. Eine Rolle Nato-Draht. Ich kann's spüren. Ich muß ganz ruhig sein, sonst zerfetzt er mir das Hirn.

Ich muß mich entscheiden. Auch wenn meine Schwester älter ist als ich, bin ich der Mann. Schon als ich noch klein war, hat mir mein Vater das so erklärt. Er weiß, wie man Sachen anpackt. Richtig anpackt.

Er ist Polizist. Früher war er Streifenpolizist, damals, als man noch ein echter Mann sein mußte, um sich die Marke anzustecken. Er ging ganz allein in Gegenden seine Runden, wo heute nur in Zweierteams und mit Streifenwagen patrouilliert wird. Zweimal ist er im Dienst angeschossen worden. Nach dem letzten Mal wurde er zum Detective befördert.

Jeder lügt, sagt mein Vater. Er hat's mir erklärt. Jeder lügt, wenn er durch Lügen seine Situation verbessern kann. Man muß immer die Fakten kennen. Man muß sich Klarheit verschaffen, bevor man handelt.

Man kann das erkennen, hat mein Vater gesagt. Wenn ein Nigger lügt, merkt man das daran, wie er atmet – sein Bauch bebt irgendwie. Und ein Jude, wenn ein Jude lügt, dann reibt er sich immer die Hände. Als würde er sie waschen, aber eben ohne Seife.

Man weiß nicht immer, wer ein Jude ist, weil sie nämlich weiß sind.

Er hat mich erwischt, als ich ihn angelogen habe. Ein Stück die Straße runter, eine Nachbarin, eine kräftige, blonde Frau, die hat meinem Vater erzählt, sie hätte mich erwischt, wie ich in ihr Fenster gespinkst habe. Abends, als sie sich fertigmachte, um ins Bett zu gehen. Er hat mir in den Bauch geboxt, sehr fest. Ich hab nicht geweint. Ich hab ihm gesagt, ich wär's nicht gewesen. Da hat er gelächelt, hat gesagt, er wär stolz auf mich. Ob ein echter Mann lügt, kriegt man nicht dadurch raus, daß man ihn schlägt, hat er gesagt. Das war ein gutes Gefühl. Er hat mir von den Frauen erzählt. Wie sie einen reinlegen, an der Nase herumführen, fertigmachen. Wie diese blonde Frau, die sich in BH und Höschen zur Schau stellt, mit hochgezogenen Jalousien, die will's doch gar nicht anders. Ich hab ihm erzählt, es war noch viel schlimmer – sie hatte nicht mal einen BH an ... und dann wurde mir klar, was ich gesagt hatte. Er lächelte nur. Er hat mir gesagt, es gibt immer einen Weg herauszufinden, ob ein Mann lügt.

Ich darf jetzt keinen Fehler machen. Sonst fetzt der Draht durch meinen Kopf, und mein Gehirn schreit und blutet.

Meine Schwester sagt, sie ist vergewaltigt worden. Sie ist sofort zu mir gekommen und hat's mir erzählt. Es war eine Verabredung, nur die zwei. Sie haben zusammen zu Abend gegessen. Danach ist er mit ihr zu dieser Stelle außerhalb der Stadt gefahren. Ein Sperrgebiet. Betreten verboten. Damit sie sich mal unter vier Augen unterhalten konnten. Er hat sie geküßt. Aber als der Kuß intensiver wurde, hat sie ihn weggestoßen. Er hat sie geschlagen und zum Weinen gebracht. Sie hat sich mies gefühlt, so als wäre sie nicht fair zu ihm. Aber dann ist er wieder auf sie los, hat ihr den Rock hochgeschoben. Sie hat gebrüllt, aber keiner hat sie gehört. Er hat sie aus dem Auto gezerrt und ihr die Kleider zerrissen.

Er hat sie im Wald vergewaltigt. Dann hat er sie dahin gefahren, wo sie wohnt.

Ich hab sie verhört. Wenn sie geweint hat, hab ich gewartet, bis sie aufhört. Ich hab mir von ihr die ganze Geschichte erzählen lassen, immer wieder. Ich hab sie alles rückwärts erzählen lassen, wollte wissen, ob ich sie bei einer Lüge erwische. Ich habe sie gefragt, ob's ihr gefallen hat, als er erst mal richtig zugange war. Sie hat mich angebrüllt und mir alle möglichen schmutzigen Wörter um die Ohren gehauen, aber sie mußte da sitzen und mir zuhören. Ich hab sie mit Handschellen an den Stuhl gefesselt.

Meine Schwester wohnt nicht mehr zu Hause. Ich glaube nicht, daß sie nur zurückgekommen ist, um mir zu erzählen, was sie getan hat, was passiert ist; sie wußte wahrscheinlich, daß ich sie sowieso finden würde. Ich war mißtrauisch. Ich wünschte, ich hätte einen Lügendetektor wie auf dem Polizeirevier.

»Du bist ein Freak, Junior«, hat sie zu mir gesagt. »Ein jämmerlicher, kleiner Freak. Ich wünschte, ich hätte dir nie was erzählt.«

Als ich dann sagte, sie müsse mir alles nochmal erzählen, da hat sie angefangen zu fluchen. Sie hat ein dreckiges Maul, meine Schwester. Hatte sie schon immer.

Schließlich waren wir fertig. Es hat lange gedauert, und sie hat nicht besonders gut gerochen. Aber trotzdem hat sie ein dreckiges Maul.

»Und, was willst du jetzt machen?«

Als ich ihr gesagt habe, daß ich ihm die gleichen Fragen stellen werde wie ihr, da hast sie so laut angefangen zu fluchen, daß ich ihr einen Knebel in den Mund stecken mußte.

Ihn zu erwischen war leicht. Überhaupt kein Problem – er hat nicht damit gerechnet, schätze ich.

Ich hab ihn runter in den Keller gebracht. Da unten ist alles schalldicht isoliert, damit man auch mit Kanonen üben kann, ohne die Leute nebenan zu stören.

Ich ließ ihn sich auf einen normalen Holzstuhl setzen, und dann hab ich ihm die Hände mit den Handschellen auf den Rücken gefesselt. Zuerst wollte er meine Fragen nicht beantworten, aber ich hab ihm gezeigt, daß ich die Antworten wissen mußte. Ich mußte sie einfach wissen.

Er hat gesagt, es wäre eine ganz normale Verabredung gewesen. Sie hatte ihn gebeten, mit ihr essen zu gehen und zu reden. Aber es war schwer, sich in dem Restaurant zu unterhalten, also ist er mit ihr zu dieser Stelle gefahren, wo sie ungestört waren.

Sie hat ihn geküßt. Hat sich an ihm gerieben. Ihm gezeigt, daß sie bereit war. Und dann, als er fast soweit war, da hat sie angefangen, eine Show abzuziehen, als hätte sie sich's auf einmal anders überlegt. Er hat gesagt, er hätte sie schon so oft gehabt – manchmal will sie's, manchmal tut sie so, als wollte sie's kein bißchen. Aber es endet doch immer gleich. Sie ist eine Schlampe. Eine Schlampe, die Männer aufgeilt. Gib ihr eine aufs Maul, und schon sagt sie die Wahrheit, genau so hat er sich ausgedrückt. Er hat gesagt, er würde sie wieder nehmen. Wenn sie so sauer war, wieso hat sie dann nicht die Cops gerufen?

Ich ließ ihn im Keller. Ich bin wieder nach oben gegangen, ganz vorsichtig, damit der Draht in meinem Kopf nicht reißt. Ich hab gesagt, sie soll mir die Wahrheit sagen. Die ganze gottverdammte Wahrheit. Sie hat wieder angefangen zu weinen. Da hab ich sie gefragt, ist das wahr, daß sie früher schon Sex mit ihm hatte? Oft? Sie hat nichts gesagt, also hab ich ihr ordentlich eine aufs Maul gegeben.

Dann hat sie mir die Wahrheit gesagt.

Sie hat's zugegeben. Er hat sie ganz oft genommen. Und sie wollte Schluß machen. Das letzte Mal ist sie mit ihm essen gegangen, weil sie's ihm sagen wollte. Und es stimmte, im Restaurant konnten sie nicht darüber reden. Also sind sie raus zu der Stelle gefahren.

Als sie ihm gesagt hat, daß es endgültig aus wäre, da ist er eklig geworden. Brutal und gemein.

Eine Verabredung war eine Vergewaltigung. Eine Vergewaltigung war eine Verabredung. Verabredungsvergewaltigung. Vergewaltigungsverabredung. Date Rape. Ich hab's nicht geschafft, daß sich die Worte reimen.

Der Draht brennt in meinem Kopf. Ich kenne die Wahrheit. Ich weiß, was ich jetzt tun muß.

Ich hab die Pistole aus der Schublade geholt. Eine Smith & Wesseon .38er Special. Police Special. Die Standardwaffe.

Meine Schwester hat mich angeschrien, als ich aus der Wohnung bin. Ich hab sie den ganzen Weg nach unten schreien gehört. Wenn jemand sie jetzt hört, ist das egal.

Was ich tun muß, ist schwer.

Jeder hat die Wahrheit gesagt.

Der Draht brennt wie eine Zündschnur. Ich muß das hier zuerst erledigen.

Ich gehe runter in den Keller, um den Vergewaltiger zu töten.

Er wartet da unten auf mich.

Mein Vater.

Geisel

»Ich hab eine Kanone! Genau auf ihren Kopf gerichtet. Verstehst du? Sieh doch selbst. Versuch hier reinzukommen, und ich blas sie weg!«

Der Mann war im obersten Stock eines Dreifamilienhauses in einer Mittelschichtgegend von Brooklyn. Stand am Fenster zur Straße und schaute zu uns herunter. Von der Taille an aufwärts war er sichtbar. Der silberne Revolver lag in seiner Hand. Von der alten Dame sahen wir nur Kopf und Brust. Ihr zierlicher Körper wurde von den Griffen des Rollstuhls eingerahmt. Ich spürte, wie sich hinter uns Schaulustige drängelten, von uniformierten Polizisten zurückgehalten wurden. Links von mir baute ein Fernsehteam seine Kamera auf.

»Das fällt dann wohl in Ihren Aufgabenbereich, Walker.«

Ich nickte dem kräftigen Detective zu. Ich kannte ihn von ähnlichen Situationen wie dieser. Konnte mir seinen Namen einfach nicht merken.

»Wie lange läuft das schon?« fragte ich.

»Gegen sechs Uhr morgens, etwa bei Tagesanbruch, bekamen wir einen Anruf. Wegen einem Spanner. Ein Streifenwagen hat den Einsatz übernommen, den Jungen in einer Gasse entdeckt, wie er in Fenster schaute. Sie haben ihn verfolgt, er ist über den Hintereingang dieses Hauses geflüchtet. Sie sind hinter ihm die Treppe rauf, da hat er die Kanone gezogen. Er ist jetzt seit Stunden da oben.«

»Wohnt er in dem Haus?«

»Ja. Woher wissen Sie das?«

»Wenn er nur aus Panik weggelaufen wäre, wäre er nicht bis in den obersten Stock gerannt. Ich wette, die Kanone war die ganze Zeit über im Haus. Wahrscheinlich hatte er sie nicht bei sich, als er draußen war.«

»Stimmt. Er hat sogar einen Waffenschein. Alles ist registriert und völlig legal.«

»Was haben Sie noch?«

»Er heißt Mark Weston. Dreiundzwanzig Jahre alt. Zwei Vorstrafen wegen Erregung öffentlichen Ärgernisses und versuchten Einbruchs. Hat beide Male Bewährung bekommen. Geht zu einem Psychiater. Lebt von der Sozialhilfe seiner Mutter – das da oben in dem Rollstuhl ist sie übrigens.«

»Glauben Sie, er knallt seine eigene Mutter ab?«

Der Detective zuckte mit den Achseln. »Sie sind der Experte«, sagte er mit einem Hauch von Vorwurf in der Stimme.

Ich war schon ziemlich lange Cop. Seit ich vom großen Abschlachten in Südostasien zurückgekommen bin. Schien irgendwie das Naheliegendste zu sein. Meine erste Dienststelle war die Sitte, aber ich wurde blitzschnell wieder zum uniformierten Dienst degradiert, weil sich irgend so ein Drecksack von Zuhälter beschwerte, ich hätte ihn während einer Festnahme mißhandelt. Dann habe ich im Drogendezernat gearbeitet. In der ersten Woche habe ich bei einem Schußwechsel einen Dealer getötet. Er hat einen Schuß in den Rücken gekriegt. Die Dienstaufsicht hat mich von jeder Schuld freigesprochen – er hatte zuerst geschossen, und ich habe ihn genagelt, als er aufs Fenster zurannte.

Ich bekam eine Belobigung, wurde aber trotzdem zurück auf Streife geschickt. Eine Zeitlang war das in Ordnung. Die Leute im Viertel kannten mich, wir kamen gut miteinander aus. Ich erwischte zwei Typen, die aus einer *bodega* kamen, Strumpfmasken über dem Kopf, einer hatte eine Schrotflinte. Ich hab beide erschossen. Stellte sich heraus, daß einer von ihnen erst dreizehn war. Woher sollte ich das wissen?

Dann haben sie mich zum Polizeipsychologen geschickt. Netter Kerl. Hat viele Tests mit mir gemacht, einen Haufen Fragen gestellt. Nie viel gesagt.

Die Praxis von diesem Analytiker lag in Manhattan. Die Schlösser waren ein Witz. Eines Nachts bin ich hin und hab meine Akte gezogen. Interessante Lektüre. Posttraumatische Funktionsstörung unter Streß, grundsätzlicher Mangel an Empathie, abgestumpfte Affekte, geht zwanghaft Risiken ein.

In Nam war ich Scharfschütze, also haben sie versucht, mich in ein Sondereinsatzkommando zu stecken. Als ich tat, weswegen sie mich geholt haben, wurde ich wieder abgezogen. Bekam meine Kanone weggenommen.

Dann haben sie mich vor die Wahl gestellt. Ich konnte wegen Berufsunfähigkeit frühzeitig aus dem Dienst ausscheiden. Für den Polizeidienst emotional nicht geeignet, so was in der Art. Oder ich konnte mich in die Verhandlungsführung bei Geiselnahmen einarbeiten. Auf diese spezielle Schule gehen, die sie für so was haben. Der Boß hat gesagt, das wäre genau das Richtige für mich – ich bleibe immer ruhig, und ich kann ziemlich gut reden, wenn ich will.

Aber eine Waffe bekäme ich nicht mehr. Mein Job war das Reden. Der Boß hat gesagt, wenn ich mich bewähre, könnte ich eines Tages in den regulären Dienst zurück.

Okay.

Ich steckte mir eine Zigarette an und durchdachte alles gründlich. »Haben Sie Telefonkontakt?« fragte ich.

»Im Telefonbuch steht eine Nummer. Wir haben sie noch nicht ausprobiert. Haben auf Sie gewartet. Sie können es aus dem Einsatzwagen versuchen.«

Ich ging zu dem blau-weißen Kombi der Einsatzleitung und stellte mich vor. Setzte mich an den Tisch und wählte die Nummer.

Es klingelte ein halbes Dutzend Mal, bevor er ranging.

»Wer ist da?«

»Mein Name ist Walker, Mark. Ich möchte mit Ihnen sprechen. Wegen dieser Sache hier, mal versuchen, ob wir nicht eine Lösung finden, okay?«

»Sind Sie ein Bulle?«

»Nein«, sagte ich mit einschmeichelnder Stimme, fing an mit den Lügen. »Ich bin Psychologe. Die Polizei dachte, Sie würden wahrscheinlich lieber mit mir sprechen. Ist das okay?«

»Die sollen verschwinden.«

»Okay, Mark. Ganz ruhig, mein Junge. Kein Grund zur Aufregung. Sie haben nichts getan.«

»Sorgen Sie dafür, daß die verschwinden, habe ich gesagt! Ich bring sie um, ich schwöre, ich bring sie um!«

»Klar, verstehe. Geben Sie mir ein paar Minuten, okay? Das machen Sie doch, Mark? Ich kann nicht einfach mit den Fingern schnippen und sie verschwinden lassen. Ich muß erst mit ihnen reden. Wie ich jetzt mit Ihnen rede, okay?

»Ich . . .«

»Ich rufe wieder an. In ein paar Minuten, okay? Entspannen Sie sich. Ich bringe alles in Ordnung.«

Ich verließ den Wagen, spürte seine Blicke auf mir. Der große Detective stand immer noch an derselben Stelle.

»Können wir alle zurückziehen? Nur aus der Sichtweite seines Fensters, meine ich.«

»Die übliche Verfahrensweise ...«

»Die übliche Verfahrensweise ist, daß wir ihn nicht abhauen lassen, wir geben ihm keine Waffen, und wir sorgen dafür, daß er nicht durchdreht, stimmt's? Ziehen Sie sich einfach zurück, okay? Was ist schon dabei? Sie können die Gegend wasserdicht abriegeln. Auf jeden Fall wäre es gut, das Gelände zu räumen ... Was, wenn er anfängt, aus dem Fenster zu schießen?«

Der große Detective sah mich ruhig an, seine Miene verriet nichts. »Das ist Ihre Show, Kumpel«, sagte er schließlich.

Innerhalb von fünf Minuten war die Straße menschenleer. Ich stieg wieder in den Kombi, machte meinen Anruf.

»Okay, Mark. Wie ich versprochen habe. Niemand wird Ihnen ein Haar krümmen.«

»Tut mir leid, was ich getan habe. Kann ich nicht vielleicht ...«

»Mark, ich habe etwas für Sie getan, stimmt's? Jetzt sind Sie dran, etwas für mich zu tun. Mir zu vertrauen zum Beispiel, okay?«

»Wa ... was wollen Sie?«

»Ich will mit Ihnen reden, Mark, das will ich. Von Angesicht zu Angesicht.«

»Ich komme nicht raus.«

»Natürlich nicht, Mark. Das würde ich nie von Ihnen verlangen. Ich komme rein, ja? Und dann reden wir.«

»Wenn das ein Trick ist ...«

»Es ist kein Trick, Mark. Warum sollte ich Sie reinlegen wollen? Ich bin auf Ihrer Seite. Wir arbeiten bei dieser Sache zusammen. Ich sag Ihnen was:

Ich zieh mein Hemd aus, damit Sie sehen können, daß ich keine Waffe trage, okay? Ich komme die Treppe rauf, Sie können jeden Schritt verfolgen. Und Sie können die ganze Zeit Ihre Waffe auf mich gerichtet halten. Ist das fair?«

»Ich werd drüber nachdenken.«

»Viel Zeit haben wir nicht, Mark. Die Cops, Sie wissen ja, wie die sind. Ich hab die dazu gekriegt, auf mich zu hören, weil ich gesagt habe, wir hätten eine Beziehung. Daß wir miteinander auskommen, Sie und ich. Sie wissen ja, was die tun, wenn sie glauben, daß wir nicht miteinander reden können.«

»Ich bring sie um!«

»Was soll denn das ausmachen, Mark? Sie wissen doch selbst, wie die Cops sind. Noch eine alte Dame wird in New York ermordet, na und? Außerdem, wenn ich da raufkomme, dann haben Sie zwei Geiseln, stimmt's? Mehr Sicherheit für Sie.«

»Wieso . . .?«

»Mark, ich komme jetzt rauf. Ich will, daß Sie mich im Auge behalten. Geben Sie genau acht auf das, was ich mache. Sie werden sehen, daß ich auf Ihrer Seite bin, mein Sohn.«

Ich legte den Hörer auf, verließ den Kombi. Ich sah ihn am Fenster stehen, zuschauen. Ich winkte. Zog meine Jacke aus, legte sie wie eine Decke auf den Boden. Ließ mein Hemd darauf fallen. Zog mein Unterhemd aus und legte es dazu. Ich öffnete die Schnürsenkel, zog meine Schuhe aus, rollte meine Socken runter und steckte sie in die Schuhe. Klappte die Aufschläge meiner Hose bis auf halbe Wadenhöhe hoch. Drehte mich einmal um mich selbst, hielt dabei die Hände hoch.

Dann ging ich auf die Treppe zu. Auf dem zweiten

Treppenabsatz hörte ich, wie eine Tür geöffnet wurde.

»Ich bin's, Mark«, rief ich.

Die Tür am Kopf der Treppe stand offen. Ich trat ein. Er war neben seiner Mutter, hielt die Kanone auf meine Brust gerichtet.

»Hallo, Mark«, sagte ich und hielt ihm die Hand hin.

Er reagierte nicht. Die Pistole zitterte in seinen Händen.

»Okay, wenn ich mich setze?« fragte ich, wartete seine Antwort nicht ab.

Er stand stumm da, beobachtete mich. Die Augen der alten Dame waren häßlich und böse, taxierten mich. Sie schien keine Angst zu haben.

»Rauchen Sie, Mark?«

»Warum?«

»Ich wollte meine Zigaretten nicht mitbringen. Wollte nicht, daß Sie mißtrauisch werden. Aber jetzt würde ich gern eine rauchen.«

»Sie erlaubt nicht, daß ich in der Wohnung rauche«, sagte er.

Die Miene der alten Dame blieb unverändert, aber in ihren Augen flackerte Triumph. Seine Pistole war nicht gespannt.

»Okay, kein Problem. Reden wir, Sie und ich.«

»Über was?«

»Wie Sie aus dieser Sache wieder rauskommen, okay?«

»Die Bewährungshelferin hat gesagt, wenn ich wieder Scheiße baue, muß ich ins Gefängnis. Ich kann nicht ins Gefängnis gehen.«

»Sie kommen auch nicht ins Gefängnis, Mark. Warum sollten Sie ins Gefängnis müssen? Ihre Mutter wird doch keine Anzeige gegen Sie erstatten, oder?«

Er sah zu ihr hinab. Sie nickte.

»Sehen Sie?« sagte ich zu ihm. »Was wir jetzt tun müssen, ist, wir müssen mit ihnen *verhandeln*. Ein Geschäft machen, verstehen Sie?«

»Was für ein Geschäft?«

»Das einzige Problem, das Sie im Moment haben, besteht, soweit ich das beurteilen kann, darin, daß Sie heute morgen vor den Cops weggelaufen sind. Das ist nichts, das ist nicht mal ein Verbrechen. Aber Sie wissen ja, wie Richter sind . . . also müssen wir ihnen etwas geben, damit Sie gut dastehen. Wie ein Held, okay?«

»Ein Held?«

»Klar! Wir tun folgendes: Wir lassen Ihre Mutter gehen. Wir lassen sie raus. Sie haben ja immer noch mich als Geisel. Aber vorher rufe ich die Cops an. Die müssen versprechen, daß sie alle Anklagepunkte gegen Sie fallen lassen, wenn Sie ihre Mutter gehen lassen. Anschließend gehen wir beide, Sie und ich, zusammen hier raus. Okay?«

»Was ist, wenn . . .«

»Wie kann sich Ihre Mutter bewegen, Mark? Ich meine, wie kommt dieser Rollstuhl nach draußen?«

»Sie kann gehen. Wenn sie ein bißchen Hilfe hat. Früher hab ich . . .«

»Okay, dann machen wir es so: Ich helfe Ihrer Mutter nach unten. Der Rollstuhl ist zusammenklappbar, oder?«

»Ja.«

»Also, ich helfe ihr nach unten. Sie sind dicht hinter mir, mit der Kanone. Danach gehen wir beide wieder nach oben und reden. Nach einer Weile gehen auch wir raus. Und das war's dann.«

»Versprochen?«

»Sehen Sie einfach zu, was ich mache.« Ich griff

nach dem Telefon. Ich wählte die Nummer des Einsatzwagens. »Walker hier«, sagte ich zu ihnen. »Mark und ich haben die Lage hier diskutiert, und wir können euch folgendes anbieten. Er läßt seine Mutter gehen, okay? Im Gegenzug wollen wir, daß ihr sämtliche Anklagepunkte gegen ihn fallen laßt. Wenn ihr das macht, kommen er und ich zusammen raus. Aber vergeßt nicht, der Deal ist: kein Gefängnis für Mark! Habt ihr verstanden?«

Mark stand dicht neben mir, die Pistole nur wenige Zentimeter von meinem Gesicht entfernt. Ich hielt den Hörer so, daß er hören konnte, wie sich der Cop im Kombi mit meinen Bedingungen einverstanden erklärte, überhaupt kein Problem. Wenn er nur erstmal die alte Dame rausschickte.

Die alte Dame die Treppe runterzuschaffen, dauerte eine ganze Weile, ihre knotigen Hände lagen auf meinem Arm. Ich war über die Kraft ihres Griffs nicht weiter überrascht. Ich klappte den Rollstuhl wieder auseinander, und sie setzte sich. Langsam schob ich sie hinaus ins Sonnenlicht. Ging wieder nach oben. Mark dicht hinter mir.

Wir setzten uns. »Jetzt können Sie rauchen«, sagte ich zu ihm. »Sie ist weg.«

Er lächelte zaghaft, kramte aber trotzdem ein Päckchen heraus. Gab es mir. Wir steckten uns eine an und rauchten schweigend.

Dann erzählte er mir seine Geschichte. Sie haben immer eine Geschichte. Seine Mutter hatte ihn in den Wechseljahren bekommen. Kurz nach seiner Geburt verschwand sein Vater, und die alte Dame zog ihn allein groß. Auf die harte Tour. Er zeigte mir die verfärbte Haut auf seiner rechten Hand, wo sie ihn verbrannt hatte, wenn sie ihn mit schmutzigen Magazinen erwischte. Die Striemen auf dem

Rücken. Von einem Stromkabel. Die Schule brach er als Teenager ab. Hatte nie einen Freund. Einsam, verängstigt, traurig. Voller Narben.

Eine Stunde später weinte er.

Ich stand auf, ging zu ihm. Legte den Arm um seine Schultern. Nahm ihm behutsam die Waffe ab. Tätschelte seinen Rücken, redete leise auf ihn ein. Erzählte ihm, daß er an einen besseren Ort kommen würde. Wo ihm nie wieder jemand weh tun konnte.

Ich trat einen Schritt zurück. Drehte mich um und hob die Pistole. Ich jagte ihm zwei Kugeln in die Brust. Schritte donnerten auf der Treppe.

Notwehr.

Vielleicht geben sie mir jetzt meine Kanone zurück.

Husten

Ich weiß, wie es in dieser Branche läuft, dachte der alte Mann. Er war schon lange dabei. Absolut verläßlich, hieß es immer über ihn. Er behielt seine Gedanken für sich. Sein Gesicht verriet nichts. So, wie es sein sollte. Jüngere kommen und übernehmen. Im Geschäftsleben muß man frischem Blut Platz machen. Die Jungen bilden sich ein, ich wüßte das nicht. Ich weiß genau, wie sie denken. Cowboys.

Er dachte über alles nach, allein in seinem Zimmer. Die würden mich nicht reinrufen und bitten aufzuhören. Wenn sie mich fragen würden, ich hätte es schon längst getan. Wenn man fertig ist, ist man fertig. Aber die wissen nicht, wie sie mich bitten sollen. Kein Format. Als würden sie es *gern* tun. Nur Amateure tun's gern.

Ich war nie einer von denen. Hab nicht zur Familie gehört – war einfach ein Soldat, der seine Arbeit macht. Die dürfen in Ruhestand gehen.

Der alte Mann war gerade aus Miami zurück. Der letzte der Bosse hatte ihn dorthin gerufen. Der alte Mann dachte, es ginge um einen Auftrag.

»Du warst uns gegenüber immer anständig«, sagte der Boß.

Der alte Mann sagte nichts. Er war kein großer Redner. Früher war das gut, dachte er, und wartete ab.

»Vito, der kennt dich nicht so gut wie ich. Ist ein junger Hirsch. Will seine eigenen Leute, verstehst du?«

Der alte Mann wartete. Darauf, daß der Boß vom Pensionsplan erzählte.

»Die meinen, du hättest deine beste Zeit hinter

dir. Würdest bei Schatten zusammenzucken, Dinge hören – verstehst du, was ich meine?« Der Boß paffte seine Zigarre. Er schaute dem alten Mann nicht in die Augen. Da verstand der alte Mann.

Weglaufen war nichts für den alten Mann. Er hatte immer am gleichen Ort gewohnt, immer das gleiche gemacht. Ein ruhiges Leben geführt. Zurückgezogen.

Als Vito anrief, hieß es, sie hätten einen Job für ihn in Cleveland. Er wußte, es war an der Zeit, ihnen zu beweisen, daß er es immer noch konnte.

Seine Maschine sollte um neun Uhr abends vom La Guardia starten. Ich mache das jetzt schon ewig – ich weiß, wie's geht, dachte er. Die werden einen Mann in meiner Maschine haben. Der in Cleveland alles regelt. Bestimmt.

Um drei Uhr nachmittags erreichte er den Flughafen. Verstaute sein Handgepäck in Schließfächern. Schaute sich die Flugpläne an. Stellte fest, daß er etwa fünfmal durch die Sicherheitskontrolle mußte. Kaufte Tickets nach Chicago, Detroit, Milwaukee, Pittsburgh. Verschiedene Fluggesellschaften. Alle flogen von Flugsteigen am selben Gang ab.

Er ging durch die Sicherheitskontrolle, ein Teil der Kanone in seiner Reisetasche vergraben. Auf dem Röntgengerät würde eine Spraydose Rasierschaum zu sehen sein. Er ließ die Tasche im Wartebereich, ging wieder hinaus, geduldig, ließ sich Zeit. Die altmodische Methode. Die richtige Methode. Um sieben Uhr hatte er sämtliche Einzelteile durch die Sicherheitskontrolle geschleust. Beim letzten Mal trug er einen Kleiderbeutel über der Schulter. Auf der Herrentoilette setzte er die Einzelteile zusammen und verstaute die zusammengerollten Reisetaschen in dem größeren Koffer. Dann setzte er sich und wartete.

Der alte Mann spürte den anderen hinter sich. Er schaute nicht hin. Der Geruch eines Aftershaves, das er nicht kannte – einer von diesen neuen Düften. Wie Parfum. Der alte Mann hörte ihn husten. Ein trockenes, hartes Husten mit flüssiger Mitte. Als wären seine Lungen auf dem besten Wege, ihren Geist aufzugeben. Besser als ein Foto.

In dieser Branche muß man seiner Sache sicher sein, es ist kein Spiel, man hat nur einen einzigen Zug, sagte sich der alte Mann immer wieder. Der Katechismus, den er als Jugendlicher gelernt hatte. Er wechselte in den Nichtraucherbereich auf der anderen Seite der Abflughalle. Der alte Mann schaute nicht einmal flüchtig in seine Richtung, aber er hörte das Husten ein paar Sitzplätze weiter. Die Jungen, die würden so etwas niemals registrieren. Der alte Mann war ein Profi.

Acht Uhr fünfzehn. Der alte Mann stand auf, ging zur Herrentoilette. Er wußte, der Killer würde ihn nicht aus den Augen lassen. Die konnten nicht sicher sein, daß er wie ein zahmes, altes Schaf in die Maschine stieg.

Ein junger Spund kämmte sich vor dem Waschbecken, als der alte Mann hereinkam. Er nahm die letzte Toilette, schloß die Tür. Wartete.

Er hörte das Husten. In der Kabine neben seiner. Er ging raus, bückte sich schnell, schaute unter der Seitenwand durch. Die Hose hing dem Mann um die Knöchel. Niemand sonst da. Der alte Mann ging hinaus, sorgte dafür, daß der andere ihn hörte, streifte Handschuhe über. Prüfte die Tür zur Herrentoilette. Trat einen kleinen Holzkeil darunter, um einige Sekunden zu gewinnen. Mehr Zeit brauchte er nicht.

Er kehrte in die letzte Kabine zurück und stieg auf

die Kloschüssel. Der Bursche las Zeitung. Der alte Mann jagte ihm von oben zwei Kugeln in den Kopf. Popp, popp. Der Schalldämpfer funktionierte perfekt. Er ließ die Waffe in der Kabine liegen.

Der alte Mann war wieder in der Abflughalle, bevor sein Flug zum ersten Mal aufgerufen wurde.

Sie würden davon erfahren. Und wissen, daß er noch nicht zum alten Eisen gehörte. Kein alter Mann war, der seinen Auftrag nicht mehr erledigen konnte. Er steckte sich eine Zigarette an – so wie man es macht, wenn ein Auftrag erledigt ist.

Dann hörte er das Husten.

Hexenjagd

1 Als ich das erste Mal eine Botschaft hörte, konnte ich nicht gehorchen. Ich konnte sie hören, aber ich war weit davon entfernt, so wie ich es bin, wenn Menschen reden. Sie glauben, ich kann sie nicht hören, aber das kann ich sehr wohl – ich komme nur einfach nicht nahe genug, um etwas zu sagen.

Die Botschaften kommen nicht aus meinem Kopf, egal, was die Ärzte sagen.

Als ich sie zum ersten Mal gehört habe, war ich noch ganz klein. Ich konnte nichts tun, damit sie aufhörten. Keine einzige von ihnen. Die Menschen, meine ich, nicht die Botschaften. Menschen kann ich aufhalten, manchmal, aber die Botschaften würde ich nie abstellen.

2 Egal wie sehr ich schrie, meine Eltern ließen mich immer mit ihr allein. Sie taten so, als verstünden sie nicht, weil ich damals noch nicht sprechen konnte.

Als ich dann sprechen konnte, hatte ich zuviel Angst.

3 Ellen hat mich verbrannt. Nur um mir zu zeigen, daß sie es tun konnte. Mein Babysitter. Sie hatte das Kommando, wenn meine Eltern ausgingen. Manchmal hat sie mich geschlagen. Den Hosenboden versohlen, nannte sie das. Sie hat das richtig feste gemacht, bis ich weinte. Dann hat sie zu mir gesagt, ich wäre ein braver Junge.

Sie hat mir gezeigt, was sie von mir wollte. Wenn ich es nicht machte, hat sie mir weh getan. Manchmal hat sie mir so oder so weh getan. Sie hat es gerne gemacht. Sie war dann schwitzig und hat die Augen zugemacht. Später hat sie dann gelacht.

4 Meine Eltern mochten sie. Meine Mutter hat mal zu meinem Vater gesagt, er mag sie nur, weil sie immer so enge Jeans trägt, daß man ihren Slip drunter sieht. Mein Vater hat einen ganz roten Kopf gekriegt und betont, wie zuverlässig sie ist. Meine Mutter hat gesagt, wie schwer es ist, jemanden zu finden, der auf mich aufpaßt.

Ellen hat mich gezwungen, daß ich sie lecke. Und sie hat auch Sachen in mich reingesteckt. Als ich älter wurde, hat sie Fotos von mir gemacht.

Sie hat gesagt, wenn ich je was erzähle, würde mir sowieso keiner glauben. Und dann würde sie mich beim nächsten Mal richtig fertigmachen.

Mein Herz rausschneiden und es aufessen.

Manchmal hat Ellen eine Maske getragen. Manchmal hat sie Sachen verbrannt, die komisch rochen.

Ihre Blicke konnten mich schneiden und bluten lassen.

Innen auf ihrem Oberschenkel hatte sie eine Tätowierung. Ganz oben, wo er fett ist und die Beine zusammenkommen. Eine rote Tätowierung von einem Kreuz, wie in der Kirche. Das Kreuz stand auf dem Kopf. Da, wo es eigentlich in den Boden gehen müßte, verschwand es in ihr.

5 Ich habe sie verpetzt. Eines Abends, als meine Eltern gerade ausgehen wollten. Da war ich fünf Jahre alt, und ich konnte sprechen. Ich hatte solche Angst, ich hab mich von oben bis unten naß gemacht, aber erzählt habe ich's trotzdem.

Sie haben sich angesehen – das haben sie oft gemacht, seit ich angefangen habe, sie zu beobachten. Aber als Ellen kam, da haben sie ihr gesagt, sie würden an dem Abend doch nicht ausgehen, und sie könnte wieder nach Hause.

Ellen hat sie angesehen. Direkt in die Augen. »Erzählt Mark schon wieder seine verrückten Geschichten?«

»Welche Geschichten?« hat meine Mutter gefragt.

»Seine Teufelsgeschichten. So nenne ich sie. Er hat mir erzählt, seine Kindergartenlehrerin ist ein Monster. Daß sie diese Maske getragen und ein Feuer in der Hand gehalten hat. Das muß vom Kabelfernsehen kommen. Mein Dad erlaubt nicht, daß ich es mir anschaue.«

Ich sah es passieren. Ich habe so laut geschrien, daß irgendwas in meinen Augen kaputtgegangen ist. Dann konnte ich gar nichts mehr sehen.

6 Sie haben mich in ein Krankenhaus gebracht. Eine Dame ist mich besuchen gekommen. Sie war sehr nett. Sie hat auch gut gerochen. Sie ist ziemlich oft gekommen. Jeden Tag.

Nach einer Weile konnte ich wieder sehen.

Am Anfang habe ich nicht mit der netten Dame geredet, aber sie hat mir versprochen, Ellen würde mich niemals kriegen. Ich war in Sicherheit.

Also habe ich es ihr erzählt. Ich habe ihr alles

erzählt. Sie hat gesagt, sie würde das für mich in Ordnung bringen. Alles würde wieder gut.

Als sie dann ein paar Wochen später wiederkamen, war die nette Dame bei ihnen. Sie setzte sich neben mich aufs Bett und hielt meine Hand. Sie sagte, sie hätten sich Ellen angesehen. Ohne ihre Kleider an. Und da war keine rote Tätowierung, wie ich es gesagt hatte. Ich hätte es mir nur eingebildet, hat die Dame gesagt. Sie machte ein ganz trauriges Gesicht, als sie das sagte.

Da wußte ich es. Sie war auf Ellens Seite.

Ich habe schon geschrien, als sie mir diese erste Nadel zeigten.

7

Ich war sehr lange in dem Krankenhaus. Manchmal sind meine Eltern mit der Dame gekommen, von der ich gedacht hatte, sie wäre nett. Nachdem ich meine Pillen genommen habe, bin ich immer ganz verträumt gewesen. Aber geschlafen habe ich nicht, nicht richtig. Ich habe nur so dagelegen, die Augen geschlossen, und ihnen zugehört.

»Wir könnten verklagt werden«, hat mein Vater gesagt. »Ellens Vater hat sich einen Anwalt genommen. Er hat gesagt, falsche Beschuldigungen gibt es immer wieder. Eine Hexenjagd, so hat er es genannt.«

Es hat mir Angst gemacht, so wie er es gesagt hat. Ich habe die Augen nicht aufgemacht.

8

Sie haben Tests mit mir gemacht, weil sie wissen wollten, ob ich dumm bin. Als sie wußten, daß ich nicht dumm war, haben sie gemeint, ich wäre verrückt. Ich mußte mit einem Doktor reden. Ich habe ihm von den Botschaften erzählt. Er war der erste. Er hat gesagt, sie kommen aus meinem Kopf raus. Ich habe gesagt »Nein«, und er hat auf einen Knopf gedrückt, und große, starke Männer in weißen Kitteln kamen.

Später haben sie dann mit den Medikamenten angefangen. Haldol. Thorazin. Alles mögliche. Ich habe gelernt, die Pillen zu nehmen. Sonst gab es die Nadel.

Ein paar von den Pflegern, die haben einem so oder so die Nadel gegeben, selbst wenn man artig war. Sie haben es gerne getan. Aber die Anweisungen gegeben hat immer die Krankenschwester. Sie war auf Ellens Seite.

9 Manchmal durfte ich nach Hause. Dann hat meine Mutter dafür gesorgt, daß ich meine Medikamente einnahm. Ich wurde älter und älter, aber geändert hat sich nichts. Ich mußte immer noch tun, was sie wollten.

Ich koste einen Haufen Geld. Ich habe sie reden hören. Einen Haufen Geld.

»Paranoid-schizophren«, hat meine Mutter gesagt. Was die Ärzte ihr gesagt haben, war wie eine Religion.

Ellens Foto war in der Zeitung. Ihr Vater war verhaftet worden, weil er Sex mit seiner Tochter hatte. Ein kleines Mädchen. Neun Jahre alt. Ich war damals elf, und ich konnte gut lesen. Ellens Foto war in der Zeitung, weil sie ihren Vater verpetzt hat.

In der Zeitung haben sie geschrieben, Ellen wäre eine Heldin. Weil sie ihre kleine Schwester gerettet hat.

Als ich meine Mutter nach Ellen gefragt habe, da

hat sie mich geschlagen. Dann hat sie angefangen zu weinen. Sie hat gesagt, es wäre nicht meine Schuld – ich wäre eben so auf die Welt gekommen. Ich wußte, daß sie die Botschaften meinte. Dann hat sie das Krankenhaus angerufen, und die sind gekommen und haben mich abgeholt.

10

Die Tabletten haben Nebenwirkungen. Ich weiß, wie sie das nennen. Tardive orale Dyskinesie. Mein Gesicht hüpft herum. Mein ganzer Körper zuckt. Mein Mund ist ganz trocken und wie mit Watte ausgestopft. Meine Hände zittern. Mir ist schwindlig. Mein Magen tut weh. Ich hasse es.

Wenn ich aufhöre, die Tabletten zu schlucken, geben sie mir die Nadeln.

Sie erwischen mich nie dabei, daß ich meine Pillen nicht nehme. Aber ohne die bin ich anders. Und das merken sie.

So tun, als ob. Das war eine Botschaft, die ich dauernd kriegte. *So tun, als ob!*

11

Jetzt bin ich ein ambulanter Patient. Ich wohne in einem Zimmer. Meine Eltern sind weggezogen. Ich weiß nicht, wohin. Ich bin jetzt erwachsen. Dreiundzwanzig Jahre alt.

Ich bekomme einen Scheck. Von der Regierung. Jeden Monat. Er kommt dahin, wo ich wohne. Ich bezahle die Miete für mein Zimmer. Ich esse in Restaurants, aber ich esse nicht viel. Ich habe nicht viel Hunger.

In meinem Zimmer gibt es einen Fernseher. Ich lasse ihn immer laufen. Durch ihn kommen Botschaften für mich.

Ich nehme die Medikamente nicht sehr oft, aber ich tue so, als würde ich. So genau achtet keiner darauf.

12

Sie schicken einem Stichworte. Das ist die Botschaft: auf die Stichworte achten. Ich gehe raus, halte die Augen auf. In der U-Bahn ist es am besten. Da gibt es lauter verrückte Menschen, in den U-Bahnen. Die Leute sehen mich nie so an. Ich wirke richtig. Ich bin vorsichtig.

Ich betrachte alles vorsichtig. Alles, was ich sehe. Da ist ein drittes Gleis. Wenn man es berührt, ist man tot. Wenn man runterschaut, dann kann man die anderen Gleise sehen. Wasser läuft zwischen den Schienen, wie ein Fluß. Man kann die Sachen sehen, die die Menschen dort runterwerfen. Manchmal sieht man eine Ratte, die zu den Menschen hochschaut.

Die Botschaften sind überall, aber sie werden nie ausgesprochen. Nicht laut. Sie kommen über Dinge.

Man muß sie sich von hinten ansehen, denn ihre Augen können einen verbrennen.

Beim ersten Mal in der U-Bahn ist die Bahn aus dem Tunnel gekommen. Hat sich durchgezwängt, war zu groß für den Tunnel, wie Ellen es auch mit mir gemacht hat. Als der Zug geschrien hat, da habe ich gewußt, daß ich am richtigen Ort bin.

Von hinten sehen sie alle gleich aus, wenn man nicht ganz genau hinschaut. Wenn man ihre Slips sehen kann, die Umrisse von ihren Schlüpfern, unter ihren Röcken oder ihren Hosen, dann sind sie es. Daran erkennt man sie.

Als ich das zum ersten Mal gesehen habe, kam der Zug kreischend reingefahren. Ich war hinter ihr in der Menge eingekeilt. Als ich sie geschoben habe, ist sie direkt unter die Räder gekommen. Und dann haben alle geschrien wie der Zug.

Zu mir hat nie jemand was gesagt.

13 Die Botschaft kommt ständig zu mir. Besonders in meinem Zimmer, wo die Medikamente die Signale nicht abblocken. Wenn ich die Botschaft klar und deutlich höre, gehe ich raus. Mache meine Arbeit.

Ich bin auf einer Hexenjagd.

Warlord

Mai 1958

Das einzige Licht im Keller der verlassenen Mietskaserne kommt von einer dicken Wachskerze in einer umgedrehten Radkappe.

Ein Radio spielt leise – nur der pulsierende Baß einer Straßenecken-a-cappella-Gruppe ist zu hören. Sechs Jungs im Keller, lümmeln sich auf verschlissenen Sesseln, sitzen auf Kisten, liegen auf einem abgewetzten Teppich. Nur ihr Anführer geht vor ihnen auf und ab und redet eindringlich.

TONY: Der Sommer kommt. Wir müssen bald was unternehmen, sonst gehen wir unter. Einfach so. Wir können nicht weiter versuchen, uns auf diesen Straßen allein durchzuschlagen. Die Counts gibt's bald nicht mehr.

RIX: Und was sollen wir tun, Schlaumeier? Den Golden Dragons sagen, daß wir sie jetzt in *unseren* Verein aufnehmen?

TONY: Mann, halt verdammt nochmal die Schnauze! Ich hab's dir schon mal gesagt, Rix. Daß wir überhaupt noch leben, liegt nur an meinem Grips, und nicht an deinem großen Maul.

RIX: Du führst dich hier auf wie King Louie oder so, nur weil wir noch in Sicherheit sind. Red du nur . . . Ich zeig dir, wer King Louie ist.

MANNY: Rix! Halt's Maul, Wichser, sonst stopf ich's dir.

BILLY: Kein Streit, Tony. Wir sollen uns doch nicht gegenseitig fertigmachen, stimmt's? Sagst du das nicht immer?

TONY: *(Müde)* Ja, du hast recht, Billy. Genauso isses.

BILLY: Danke, Tony!

POET: Meine Leute haben mir heute gesagt, daß wir wegziehen. Weils hier zu herb geworden ist. Also hab ich das Problem sowieso bald nich mehr.

MANNY: Hör zu, Arschloch, einmal dabei, immer dabei.

POET: Ja doch, Mann. Ich mein, ich hab ja nich gesagt, daß ich die Biege mache oder so was. Nur, wenn meine Leute wegziehen, was soll ich dann machen?

TONY: Darüber zerbrichst du dir den Kopf, wenn's soweit ist ... Wenn's je dazu kommt. Du weißt, die können nirgendwohin, ohne daß die beschissene Fürsorge ihr Okay gibt.

POET: Weiß ich.

TONY: So geht's jedenfalls nicht weiter. Wir können nicht der einzige Club in der ganzen beschissenen Stadt mit nur sechs Leuten sein. So haben wir keinen Schutz vor den Black Barons, die putzen uns doch von der Platte, wenn sie uns erst mal angreifen. Und wir sind viel zu dicht an ihrem Gebiet. Wir müssen uns irgendwas einfallen lassen, wie wir den Golden Dragons beitreten, bevor die Ferien anfangen. Sonst sind wir in diesem Sommer erledigt.

RIX: Wir würden verdammt gut klarkommen, wenn ich ein paar Ballermänner hätte. Wenn uns die Nigger angreifen, könnte ich sie zum Mond blasen.

MANNY: Genau, Wichser. Du bist ein echt fieser *hombre*. Du machst achtzig Mann im Alleingang fertig, stimmt's?

RIX: *(Verärgert, aber etwas lahm)* Den Mumm hab ich.

MANNY: Halt bloß die Klappe, Mann. Ich fackel nicht lange, wie Big Brain hier *(deutet auf TONY)*, und wenn ich noch ein beschissenes Wort von dir höre, schlitz ich dich auf, Mann.

(Schweigen)

TONY: Der Friedensvertrag mit den Dragons, den ich unterschrieben hab, reicht nicht. Sie sind bereit, uns nicht anzugreifen, weil sie selbst Ärger mit den Niggern haben ... aber die werden keinen Finger für uns krumm machen, wenn die Barons Streit suchen, versteht ihr? Und so können wir nicht mal die Weiber halten ... keine Frauen, keine Power, nicht mal ein beschissenes Clubhaus, weil wir Angst vor einem Überfall haben!

RIX: Wir müssen was tun, müssen denen zeigen, daß wir echt Mumm haben, damit die kapieren, daß wir da sind, hundertprozentig.

TONY: Da hast du aber mal recht, Mann. Wir müssen mitspielen, wenn die Dragons meinen, es ist klug, daß wir bei denen mitmachen. Okay, dann bin ich eben kein Präsident, und du bist kein Warlord und all die Scheiße ... aber wir sind in Sicherheit ... und vielleicht steigen wir ja auch auf in der Organisation ... wir bleiben cool und halten zusammen, auch wenn wir bei denen mitmachen. Und ich weiß auch, womit wir uns einen Namen machen können.

BILLY: Sag mir, was es ist, Tony. Sag mir, was, und ich tu's für uns.

TONY: Du bist ein guter Mann, Billy. Der gottverdammt beste! Aber das ist was für den ganzen Club ... für uns alle zusammen. Wir servieren diesen beschissenen, fetten Bullen ab, der sich für einen Sozialarbeiter hält. Anderson, der Bulle,

Mann. Wir legen ihn in dieser Gasse um, und zwar so, daß das ganze beschissene Viertel weiß, die Counts haben den meisten Mumm hier.

POET: Bist du bescheuert, Mann? Einen Bullen umlegen, wo wir nicht mal eine echte Kanone haben ... nur ein paar miese, selbstgebastelte Ballermänner, die nicht funktionieren und keine einzige Kugel dafür!

PRINCE: Das ist eine gute Idee, Tony, aber Poet hat recht. Wie sollen wir so was durchziehen, ohne selbst dabei draufzugehen?

TONY: Manny, du hast doch gesagt, du hast mal einen von den Niggern auf der anderen Seite kaltgemacht, stimmt's? Als wir im Heim waren.

MANNY: *(Als erwarte er Zweifel)* Stimmt!

TONY: Dann haben wir doch die Antwort! Mannys Messer, und Billy und Prince nehmen Rohre. Rix kann die eine gute Kanone haben – ich hab gestern vom Dealer eine Kugel gekriegt.

RIX: Du meinst, wir legen ihn einfach um, wenn er abends an der Gasse vorbeigeht?

TONY: Nee, das ist nicht gut, Mann. Das ist doch nix als ein beschissener Hinterhalt, damit sind wir immer noch nichts. Heimtückisch wie die Japse. Das bringt's nicht. Wir erledigen das, bevor's dunkel wird. Auge in Auge. Ich will sehen, wie der Schwanzlutscher stirbt.

BILLY: Was ist, wenn wir geschnappt werden?

TONY: Ich hab dich noch nie angelogen, Billy, oder? Und ich schwöre, wir werden nicht erwischt, wenn wir zusammenhalten und genau das tun, was ich sage.

BILLY: Okay.

TONY: Hört zu. Ich hab einen Plan gemacht, den erzähl ich euch jetzt, und dann stimmen wir ab ...

ALLE: Laß verdammt nochmal hören. Schieß los, Mann.

TONY: Ihr wißt doch, daß die Gasse so was wie ein T macht? Sackgassen auf drei Seiten? Okay, wir hängen wie üblich da rum, und Post bringt sein Radio mit. Das stellen wir auf eine von diesen alten Umzugskisten. Die stapeln wir hinten in der Gasse richtig hoch auf. Also, Anderson kreuzt gegen neun auf, stimmt's? Wir hängen hinten in der Gasse rum, quatschen und machen Scheiß, und wir stellen das Radio immer lauter, bis die Leute runterbrüllen, wir sollen mit dem Mist aufhören. Damit alle meinen, wir wollten die ganze Nacht so weitermachen, und nicht überrascht sind, wenn das Radio plötzlich wieder richtig laut losplärrt. Manny und Billy und Prince halten sich im Hintergrund.

Ich und Rix sind vorn, und wir quatschen Anderson voll, wie gern wir einen eigenen Sozialarbeiter hätten, statt diesen schwulen Bernstein, der immer nur alle Schaltjahre vorbeikommt. Dann tun wir so, als hätten wir Schiß . . . als hätten wir was geklemmt, was zu groß für uns ist, um es zu verticken, und wir wollen's jetzt ihm geben, damit wir keine Probleme kriegen, kapiert? Rix hat die Kanone. Wir gehen mit Anderson nach hinten. Prince dreht das Radio lauter. Volle Dröhnung. Und wir gehen an der großen Kiste vorbei. Manny sticht ihn in den Rücken, und Billy schlägt ihm mit dem Rohr seinen beschissenen Schädel ein. Und dann kommt Rix . . . und macht ihn endgültig kalt.

Wegen dem Krach aus dem Radio hört keiner den Schuß, und wenn doch, dann unternimmt keiner was. Wir schieben ihn unter die Kiste, und dann verpissen wir uns. Poet steht die ganze Zeit vorn Schmiere, und er brüllt nach hinten zu uns, falls irgendwer aufkreuzt. Dann wandern wir raus, als wär nichts passiert, und die Kanone fliegt durch's Fenster in den Keller hier. Dann spricht's sich schnell rum! Die Counts haben einen beschissenen Bullen umgelegt.

Zuerst brauchen wir ein paar Tage ... erzählen in der Schule überall rum, daß Anderson rumstänkert ... sich in unseren Kram einmischt. Wenn er dann abkratzt, reicht unser Ruf bis in den Himmel. Die Counts haben einen Ruf. Einen *Namen*. Die Dragons werden uns auf den Knien *anbetteln*, daß wir bei ihnen einsteigen. Wir sind die ersten im Viertel, die einen Bullen umgelegt haben. Keiner hat was gesehen, aber jeder weiß Bescheid. Und jetzt stimmen wir ab.

RIX: Das ist trotzdem ganz schön gefährlich ...

MANNY: Waschlappen!

RIX: Ich hab genauso viel Mumm wie du, *Spic*!

MANNY: Du bist also bereit, für deine große Klappe zu sterben. *(Greift in seine Jackentasche)*

TONY: Manny, nein! Komm schon, Bruder. Wir sind jetzt alle aufeinander angewiesen. Rix hat's nicht so gemeint. Wenn wir nicht zusammenhalten, sind wir am Arsch. Und jetzt wird abgestimmt, ihr Pfeifen!

MANNY: Ich bin dabei.

RIX: Ja, ich auch. Ich wollte nur ...

POET: Alles klar.

PRINCE: Ich steh zu unserem Präsidenten.

TONY: *(Schaut sich um)* Okay, das ist also geregelt. Morgen gehen wir in die Schule. Wir alle. Und wir erzählen's rum. Ganz cool. *Cool*, Rix! Aber wir machen den Dragons klar, daß die Counts bald ihren großen Schritt machen.

Drei Nächte später. Die Jungs sind seit sieben Uhr abends in der Gasse. Warten.

POET: Was, wenn er nicht aufkreuzt?

TONY: Er wird schon aufkreuzen. Der Saukerl verpaßt doch nie eine Chance, sich als verwichster Prediger aufzuspielen.

RIX: Ich bin bereit. Die ganze Straße weiß, daß er sterben wird. Hoffentlich gibt ihm keiner einen Tip.

TONY: Bist du verrückt? In dieser Gegend wollen sogar die Nigger, daß ein Bulle abkratzt.

PATROLMAN ANDERSON nähert sich der Gasse, läßt seinen Gummiknüppel kreisen. Er ist groß und selbstsicher, hat eine derb-herzliche Art, zu altmodisch für sein Alter.

ANDERSON: Wie geht's denn so, Männer?

TONY: Wie soll's schon gehen? Wenn Sie uns einen Gefallen tun wollen, dann geben Sie uns ein paar Polizeikanonen, damit wir uns vor den Black Barons schützen können.

ANDERSON: *(Abfällig)* Zwischen den *großen* Clubs hat's schon ziemlich lange keinen Ärger mehr gegeben.

TONY: Ja, wir wissen selbst, daß wir kein großer Club sind, Mann. Wir haben nichts vorzuweisen, wenn die Nigger zuschlagen.

ANDERSON: Vielleicht wollt ihr Jungs euch mit den Golden Dragons zusammentun? Die haben jetzt einen Vollzeit-Sozialarbeiter und ein Clubhaus. Die prügeln sich nicht mehr so oft wie früher. Die haben einen Basketballmannschaft, die organisieren Parties und alles.

(In POETs Augen flackert Hoffnung auf. Die aber sofort erlischt, als RIX spricht.)

RIX: Oh ja, Mann. Wo kriegen wir ein Aufnahmeformular?

ANDERSON: *(Ernst)* Ich könnte mit Lacey sprechen. Er kriegt jetzt sogar ein Gehalt von den Anti-Armuts-Leuten, und ich glaube, er läßt euch alle mitmachen -- außer vielleicht Manny.

RIX: Was ist mit Manny nicht in Ordnung? Der hat Mumm, Mann.

ANDERSON: Der hat nichts außer einem Schnappmesser. Nimm ihm das weg, und er ist nur noch ein Wichser ohne die winzigste Spur von Mumm in den Knochen.

TONY: Naja, okay. Hör zu, Anderson. Wir haben andere Probleme, Mann. Die Jungs haben was geklemmt, und wir wissen nicht, was wir damit machen sollen. Ich meine, wir können das Zeug nicht einfach verticken, du verstehst, was ich meine?

ANDERSON: *(Interessiert)* Wo ist es?

TONY: Wir haben's da hinten in einer Kiste gebunkert, Mann. Komm mit, ich zeig's dir.

ANDERSON: *(Vertrauensvoll)* Das kriegen wir schon geregelt.

(Sie gehen in die Gasse: TONY voraus, ANDERSON folgt ihm, RIX dicht dahinter. POET bleibt an der Einmündung der Gasse zurück. TONY wirbelt ANDERSON herum.)

TONY: Okay, Bulle. Hier ist was, das ich dir schon lange sagen wollte, aber ich wollt's nicht da vorn rausbrüllen . . .

ANDERSON: *(Ungeduldig)* Und, was denn?

(Das Radio wird auf volle Lautstärke gedreht. MANNY kommt hinter den Kisten raus und rammt ANDERSON sein Messer in den Rücken, während gleichzeitig BILLY sein Bleirohr auf den Schädel des Cops krachen läßt. Lautlos geht ANDERSON zu Boden. PRINCE kniet sich hin,

hält sein Bleirohr mit beiden Händen, schlägt ANDERSON auf die Brust. RIX' Hände zittern – er stößt ANDERSON die selbstgebastelte Kanone in den Mund und drückt ab. Es macht leise Plop! und ANDERSONs Kopf zuckt ein letztes Mal. BILLY und RIX packen die Beine des Cops und schleifen ihn tiefer in die Gasse, während MANNY die größte Kiste umkippt. Sie schieben ihn darunter. RIX hat immer noch die blutverschmierte Kanone in der Hand. TONY nimmt sie ihm ab und wirft sie durch das offene Kellerfenster. Das Radio dröhnt. Die Geräusche des Mordes bleiben in der Gasse gefangen. TONY rennt nach vorn, ruft POET zu.)

TONY: Wir verpissen uns, Mann. Die Sache ist erledigt. Geh zurück und hol die Kanone, wie verabredet. Bis später!

(POET bewegt sich bereits zum hinteren Teil der Gasse, holt sein Radio. MANNY ist im Schatten des Kellers verschwunden. PRINCE, BILLY, RIX und TONY schlendern zusammen zur Straßenecke, wo sie sich trennen.)

Am nächsten Morgen.

Alle Jungs bis auf MANNY und BILLY sind immer noch aufgekratzt vom Mord der Nacht zuvor.

TONY: Wir spazieren nicht zusammen zur Schule, aber wir gehen zusammen rein, okay? Rix, steck das Gras weg, Mann . . . ich riech's ja bis hierher. Du brauchst nicht nervös zu sein, Mann, ist alles bestens gelaufen.

RIX: Ich bin nicht nervös, Mann. Nur ein kleiner Kiff zur Feier des Tages.

TONY: Billy, du bleibst heute bei mir. Den Rest von euch Männern seh ich später in der Werkstatt.

Werkunterricht. Es hat sich herumgesprochen, und TONY wartet darauf, angesprochen zu werden.

(LACEY, der Anführer der Golden Dragons, schiebt sich neben ihn.)

LACEY: Na, Bruder, stimmt das, was ich so höre?

TONY: Ja, Mann. Die Counts haben sich von dem Bullenarsch zuviel Scheiße bieten lassen müssen. Und man kann sich keine Scheiße bieten lassen als kleiner Club, sonst kommen die anderen Clubs ... du weißt schon, die Nigger-Clubs ... Mann, die wichsen uns doch an, und dann werden wir weggeputzt.

LACEY: Habt ihr schon mal daran gedacht, bei uns einzusteigen?

TONY: Tja, Mann, das haben wir. Aber wir haben gehört, ihr fahrt jetzt voll auf Sport ab und so. Keine Randale mehr, wenn die Jugendamtsschwuchtel das nicht will, und all der Scheiß ...

LACEY: *(Ruhig)* Paß auf, was du redest, Mann.

TONY: Bruder, schön, daß du das so sagst. Klar, wir wußten doch alle, daß die nur Scheiße über euch erzählen. Mann, wir sind stolz, bei einem echten Fighter-Club einzusteigen. Wir schließen uns zusammen und zeigen den Niggern, wo's langgeht, stimmt's?

LACEY: *(Beschwichtigt)* Ja, Baby. Wo sind deine Jungs jetzt?

TONY: Manny ist draußen, Mann. Billy und Poet sind drüben bei der Druckerpresse, und Prince steht hier rechts neben mir.

LACEY: Poet, du bist in Ordnung!

POET: Mit Vergnügen, Präsident.

LACEY: He! Du bist schnell, Baby. Sieht aus, als hättest du supergute Jungs, Tony.

TONY: Die besten. Rix ist gerade reingekommen. Er

steht drüben bei der Werkzeugkiste. He! Ist das da nicht Priest von den Black Barons?

LACEY: Ja, Mann. Der abgewichste Nigger hält sich für einen knallharten Typen. Wir haben ihn nur deshalb nicht schon längst fertiggemacht, weil wir unsere Zeit nicht mit weniger als einem Rundumschlag verplempern. Außerdem bringt's nichts, sich in der Schule zu kloppen – durch so'n Scheiß verlieren wir nur die Anti-Armuts-Kohle . . .

(PRIEST reinigt seine Linolschnittplatte mit einem weißen Lappen, singt dabei leise. RIX geht vorbei und rempelt ihn an. PRIEST schaut auf, sieht RIX kurz an, sagt nichts. RIX wirbelt herum, brüllt.)

RIX: Wichser, paß auf, wo du deinen Fuß hinpflanzt!

PRIEST: Redest du mit mir, Paddy?

RIX: Du hast mich schon verstanden, Nigger!

PRIEST: *(Hebt seine Stimme nicht, sagt ausdruckslos)* Draußen. Nach der Schule. Du und ich.

RIX: *(Verächtlich)* Ich bin da, Wichser.

PRIESTs Jungs rücken schnell an, und bald ist RIX umzingelt. Er weicht zurück zur Druckerpresse, sieht, wie Hände in Taschen verschwinden. Die Szene erstarrt.

LACEY: Dragons!

Andere Jungs hören auf zu arbeiten und gehen auf die Druckerpresse zu, greifen nach allem, was im Werkraum als Waffe dienen kann. Ungefähr dreißig Jungs schieben sich hin und her, warten nur darauf, daß das Streichholz das Benzin erreicht, da springt der WERKLEHRER dazwischen.

LEHRER: Geht sofort an eure Plätze, ihr miesen kleinen Wichser! Ich warne euch, eine verdammte Bewegung, und ich rufe die Cops. Das ist jetzt das gottverdammt letzte Mal, daß ich euch das sage . . . Setzt eure Ärsche in Bewegung!

Die Gruppen trennen sich. Hände kehren zu Taschen zurück. PRIEST geht zu LACEY.

PRIEST: Ist dieser irische Wichser einer von deinen Jungs, häh? Sollen wir die Sache heute abend mit großer Besetzung klären?

LACEY: Is'n los mit dir, Junge? Hast du Angst, gegen den Mann anzutreten, der den Bullen umgelegt hat?

PRIEST: Draußen nach der Schule. Dann sehen wir ja, wer hier wen umlegt. Und dich versorg ich vielleicht anschließend.

LACEY: Ich bin da.

Der Schulhof sieht aus wie der Hof eines Hochsicherheitsgefängnisses: hoher Zaun, Asphalt, Gebäude mit Fenstern, die nur Schlitze sind. Auf jeder Seite des Hofs stehen ungefähr siebzig Jungs, warten auf die Gladiatoren.

LACEY: Wie willst du's haben – ohne Waffen?

PRIEST: Von mir aus. Für den Arsch brauch ich kein Messer.

MANNY und RIX stehen etwas abseits und tuscheln.

MANNY: Nimm das hier, Mann. *(Er zeigt einen Dosenöffner, der an einer Seite so abgeflacht und geschärft ist, daß er im schwachen Licht schimmert.)* Ich kleb dir das Ding ans Handgelenk – wenn du nahe genug an ihm dran bist, schlitzt du ihn damit auf.

RIX: Mann, ich brauch so was nicht. Den Nigger bring ich mit bloßen Händen um. Mach ihn genauso kalt, wie ich diesen beschissenen Bullen kaltgemacht hab.

MANNY: Rix, das ist Priest von den Black Barons! Das ist ein total tückischer Killer, Bruder. Ich weiß, daß der schon vier Männer umgelegt hat, ehrlich. Nimm das hier, Mann, oder du bist tot.

RIX: Ja. Ja, okay . . . nur für alle Fälle.

TONY: Viel Spaß bei der Nigger-Jagd, Mann!

LACEY: Wenn du Priest fertigmachst, bist du der nächste Warlord bei den Golden Dragons!

POET: Los, Mann. Bring das Arschgesicht um!

(Sie umkreisen sich langsam, PRIEST ist der selbstsichere Veteran aus Hunderten ähnlicher Kämpfe. Die Dragons feuern RIX an – die Barons blasen einen lautlosen Zapfenstreich, sind sehr diszipliniert. PRIEST täuscht einen linken Haken an und erwischt RIX mit einem Tritt zwischen die Beine. RIX geht zu Boden, und PRIEST läßt ihm einen Fuß ins Gesicht krachen. RIX rollt sich weg und kommt hoch, wirft seinem Gegner eine Handvoll Kies und Dreck entgegen. PRIEST tut so, als wolle er zurückweichen, prescht dann plötzlich vor, läßt die Schulter sinken und jagt eine gerade Rechte genau gegen RIX' Kopf.

RIX reißt die Hände hoch, um sein Gesicht zu schützen, und PRIEST bombardiert ihn mit harten, schnellen Schlägen. RIX weicht zurück, erwidert das Feuer nicht. Seine Nase ist Brei, und seine Augen sind glasig.

PRIEST jagt eine Faust in RIX' Magen, sieht zu, wie er zusammenklappt, und tritt einen Schritt zurück wie ein Künstler, der sein Werk begutachtet. RIX spürt den glatten Stahl an seinem Handgelenk und läßt ihn in seine hohle Hand gleiten. Er zieht den rechten Fuß zurück, geht runter auf ein Knie.)

PRIEST: Kniest du jetzt vor mir, Paddy-Boy? Willst du einen guten, schwarzen Schwanz lutschen?

RIX: *(Mit Grabesstimme)* Komm doch, du Nigger. Komm.

(PRIEST greift an, und der stählerne Dorn schießt hoch ... erwischt PRIEST voll im Gesicht und schneidet seine Wange ab wie rohes Fleisch. Ein Fleischfetzen fliegt weg und landet vor den Füßen der versammelten Dragons. PRIEST ist am Boden, windet sich, das Gesicht im Dreck, schreit. Blut und weißes Muskelgewebe schäumen zwischen seinen verkrampften Händen. Die Barons greifen nach ihren Waffen. RIX starrt wie gebannt PRIEST an, der vor ihm auf dem Boden liegt. Langsam rappelt er sich auf. PRIEST wuchtet sich auf die Knie hoch, um ihn anzusehen. Mit purer Willenskraft nimmt er die Hände vom Gesicht. Ein Auge liegt auf dem Asphalt neben ihm. Seine Stimme kommt aus dem Grab.)

PRIEST: Du bist tot.

(Polizeisirenen zerreißen die Luft, die Gangs drehen sich um und laufen weg. MANNY beugt sich runter und hebt PRIESTs Augapfel auf. Er geht zu RIX.)

MANNY: Der gehört dir, Mann. Den hast du dir verdient. Ich hab dir doch gesagt, du brauchst die Klinge, stimmt's nicht, Baby?

RIX: *(Benommen, steckt den Augapfel ein)* Ja, Manny. Danke. Du bist in Ordnung, Bruder.

LACEY: Tony, komm heute abend in unser Clubhaus ... und bring deine Jungs mit. Und Rix, du hast Mumm, Mann. Du bist ein Mann. Wir sehn uns!

Am gleichen Abend. Das Clubhaus der Golden Dragons, eine Sieben-Zimmer-Wohnung im fünften (obersten) Stock. (TONY und BILLY sind die ersten Counts, die eintreffen. LACEY winkt sie in eine ruhige Ecke.)

LACEY: Hör zu, Tony, willst du für immer zu uns?

TONY: Ja, Mann. Das haben wir doch bewiesen, oder?

LACEY: Das habt ihr todsicher, Bruder. Du bist ein geborener Anführer. Aber ich muß was mit dir besprechen. Die Black Barons haben einen Kurier rübergeschickt. Vorhin. Bevor ihr gekommen seid. Diesmal machen die Ernst. Sie haben die Egyptian Kings und die Harlem Raiders, dazu einen Bruder-Club, die Devil's Disciples. Sie haben mehr als vierhundertfünfzig Männer, Tony, und sie haben fest vor, uns alle für das fertigzumachen, was Rix mit Priest gemacht hat.

TONY: Heilige Scheiße, Mann! Kannst du nicht zum Jugendamt gehen? Dafür sorgen, daß die die Sache runterkochen?

LACEY: Mann, jeder weiß, daß das Jugendamt nichts mit Niggern am Hut hat. Außerdem, die Egyptian Kings, die ziehen nur rum und mischen auf ... die sind kein Club für geselliges Beisammensein. Die haben sogar ihren Krieg gegen die Spic-Banden abgeblasen, nur um uns an die Eier zu gehen. Die haben beschissene Typen dabei, die sind mindestens dreißig Jahre alt. Ich meine, das sind echte Gangster, Mann. Der Kurier hat gesagt, sie hätten die Kassen von sämtlichen Nigger-Clubs zusammengeschmissen, nur um uns fertigzumachen.

TONY: Aber zuerst müssen sie doch einen Kriegsrat einberufen ...

LACEY: Einen Scheißdreck müssen die tun! Die sagen, bei dieser Sache sind alle Regeln außer Kraft, weil sie den Jungen haben müssen, der Priest geblendet hat. Mann, die werden ohne Vorwarnung zuschlagen und Typen auf neutralem

Boden angreifen, und in der Schule und sogar bei denen zu Hause, Mann. Die sagen, Vergeltung um jeden Preis, Mann, verstehst du? Kein Mensch ist sicher, bis sie Rix haben.

TONY: Was ...

LACEY: Ja, so sieht's aus. Der Kurier sagt, sie blasen die ganze Sache ab, wenn wir ihnen Rix geben.

TONY: Sie wollen, daß Rix gegen einen von ihren Jungs kämpft?

LACEY: Oh Mann ... die wollen den Typ foltern. Der Kurier sagt, sie müssen ihm die Eier abschneiden und zusehen, wie er verblutet, ihm die Augen mit einer Zange rausreißen. Sie sagen, er muß bezahlen!

TONY: Du meinst ... wir sollen ihn verdammt nochmal *ausliefern*? Ihn denen übergeben? Was, wenn wir ihm das stecken, und er verdrückt sich ... verschwindet ein für alle Mal aus dem Viertel?

LACEY: Sei nicht verrückt, Mann. Dann wissen die, woher er es weiß, und wir bezahlen alle dafür. Die Nigger sind wie verrückt hinter dem Kerl her. Jedenfalls, bei all der Scheiße auf der Straße wissen die Cops bestimmt, daß einer von euch Jungs den Bullen umgelegt hat. Auch dafür muß irgendwer bezahlen.

TONY: Ich muß eine Entscheidung fällen.

LACEY: Ich habe mit dir geredet wie mit einem Bruder, Mann. Aber du kannst nur noch entscheiden, ob Rix sich selbst umbringt oder nicht, kapiert?

RIX kommt ins Clubhaus, die Party ist in vollem Gange. Er wird von den Dragons wie ein siegreicher Held empfangen. Abgesandte von weißen

Gangs aus der ganzen Stadt sind da. Um 2 Uhr 30 morgens geht LACEY rüber zu RIX, legt ihm den Arm um die Schultern.

LACEY: Wie fühlst du dich denn so, Mann? Als gemeinster Typ von allen?

RIX: Ich empfinde keine Schmerzen, Mann. Ich hätte den beschissenen Nigger kaltmachen sollen.

LACEY: Hör zu, Rix. Wir haben ein Pfund Gras und eine Unze Schnee drüben in der Nähe der Grenze gebunkert, auf Spic-Gebiet. Und du kennst doch auch diese klasse Spic-Nutte? Die Rondelle genannt wird? Tja, sie will dich kennenlernen, Mann. Sie hat gehört, was du gemacht hast, Baby, und sie glaubt, sie ist sicher vor den Niggern, wenn sie deine Frau ist. Wir bunkern den Stoff immer drüben bei ihr, weil ihre Mutter die Nachtschicht im Krankenhaus arbeitet. Wir haben angerufen, Mann, und sie will, daß du den Stoff persönlich abholst. Sie wartet auf dich. Und mach dir wegen dem Revier keine Gedanken. Ich gebe dir zehn gute Männer mit, quasi als Eskorte für einen König, Mann. Die behalten das Haus im Auge, während du drinnen bei ihr bist. Und die sind voll bewaffnet, Mann, mit *Pistolen*. Für meinen neuen Warlord gibt's nur das Beste.

RIX: He, astrein, Mann. Ich brauch keine Eskorte, aber wenn du meinst . . .

(Das Telefon klingelt. Einer der Dragons sagt, es sei für LACEY.)

LACEY: Mann, ich hab dir doch gesagt, ich liefere, also werde ich auch liefern. Es dauert noch höchstens eine Stunde. Ja . . .

(RIX zieht seine neue Clubjacke an. Unter dem aufgestickten goldenen Drachen steht in Rot WARLORD.)

LACEY: Rix, Mann, bist du bereit?
RIX: Mann, ich bin bereit zu kommen!
(Gelächter folgt ihm durch die Tür.)

Inhaltsverzeichnis